風箏家族

韓麗珠 著

目次

壞腦袋

那段日子，白寄居在大型商場的玻璃單位內，並沒有任何具體的煩惱。無論玻璃外有沒有惡作劇的人，他都在繪畫腦袋的解剖圖。他曾經吃過一種食物，在舌頭上留下了甘甜的味道，但無法治癒身體內恆久的飢餓。他的母親告訴他，那是豬的腦袋，但他的母親是個愛撒謊的人，因此他一直深信那是豆腐腦。

白的母親目送白進入那輛巨型貨車前（那裡塞滿新鮮番茄和精神委靡的偷渡者），給他遞上一碗滿滿的腦子，他把那冰涼雪白的東西一下子喝光，把碗還給他母親後，她灰白的臉上浮現奇異的微笑。他嘗試記著她的臉容，像暴風雨時，樹根狠狠地抓緊泥土。只是在白窒息之前，貨車的門被打開，他和許多腐壞的番茄和死去的人一併滾到冷硬的地上。他的視線首先接觸到警務人員灰白的臉，那和他母親的臉交疊在一起，關於母親的印象，便難以回復最初的純粹。

巨型貨車並沒有抵達計畫中的目的地，但沒有任何乘客感到失望。截查車輛的警務人員打開車廂緊閉的門，車上一百三十二人的靈魂已經到達了另一個世界，只剩下臭氣熏天的肢體互相糾纏，他召來穿白色制服的人，帶走屍體堆中央唯一的活人後，便在樹下放任地嘔吐。後來，他的嘔吐物成了滋養樹木的養料，樹木愈攀愈高，茂密得遮蔽了天空的一角。

他們把白抬進白色的車子，車子把他送進白色的房間。房間的顏色使他想起冰涼雪白的東西，他的舌頭便竄起甘甜的味道。為他分配藥物的護士問他，你的名字是什麼？他想起腦袋的圖案，許多錯綜複雜的線條，像皺紋那樣糾結在一起。為他洗澡的護士也走進來，清潔房間的女工也走進來，把藥物和生理鹽水注射進他的手臂的護士也走進來，她們不斷查問他的名字，他才發現腦袋內盛載名字的空格什麼也沒有剩下來。

他在睡眠中消耗了一天的大部分時間，只有幾個小時，他清醒著，用別人丟掉的原子筆勾勒出腦部的輪廓。他從不需要過多的食物，只是不斷苛索紙張。日光轉暗時，他會把視線投向窗外的草坡，以紓緩眼球的緊張。那些曾經中風的人，像定時作息的羊，扶著鋼架在草坡上重新學習步行，即使穿著七彩衣服的人挽著他們的手臂，也對他們笨拙的姿態無補於事，而且在下午的陽光褪盡前，他們便會向中風的人揮手，走出那幢白色的房子，回到他們熟悉的地方。他們的腳步隨著地球轉動向前踏出，而住在白色房子的人則朝著相反方向前進。當穿著七彩衣服的人的背影消失在白的視線範圍，白便非常懷疑，巨型貨車的目的地，其實是這幢白色的房子。然而車上的一百三十二名偷渡者已經跟他置身在不同的世界，他無法向任何人求證目的地的真偽。

醫生在休息時間走進白的房間，坐在他的床上，看著他仔細地繪畫一張素描，他認為那是一張複雜的地圖，而他還沒有計畫假期。他問白，你的家在什麼地方？白並沒有抬起頭，但告訴他：不遠的地方。他再問白，你原本打算到什麼地方？白便變得猶疑不定，把腦部神經的末稍延伸至紙張的邊界。但醫生一直逼視他，白已經沒有撒謊的餘地，只好向他描述腦部的實際狀況。白一直不能明白，為什麼自己在救護人員、醫護人員、警務人員、司機、郵差和母親面前，一直乖巧得像個智障的孩子。他深信真正的自己並不是這樣，而這正是他憤怒的原因。

「我原本，打算到以自由聞名的Y城。」白坦白地告訴醫生。Y城是醫生的出生地，他一直沒有離開那裡，但他對自由並沒有深切的感受，只知道Y城以生產漢堡包而世界知名。

白聽不見醫生的回答，產生了被認定為語言障礙者的恐懼，便不再囚禁腦袋裡的說話，開始對著醫生滔滔不絕。過了一段不短的時間後，白再回想那天對醫生說的話，卻發現跟語言障礙並沒有任何關係，只是事情隱藏在腦袋過久，他已經無法控制事情湧出嘴巴的速度。

「母把我推上前往Y城的貨車，她對我說，那天是我的出生日，並罕有地笑起來。那並不是尋常的一天。我熟悉的母是想不起各種節慶或紀念日的人，但也有可能她只是偽裝著。難道忘記不是一種偽裝嗎？多年來我只想逃離那個公共洗手間旁的居所。當我對她說，那氣味真噁心，她總是回答，忘記你的鼻子。其實我無法忍受的是，當我把自己關在洗手間內，在門外等候的長長的隊伍，全都是陌生的人，他們在談笑，抽菸或吹口哨。我母便說：忘掉你的身體和所有的祕密。那天我從洗手間回到家裡，決心要跟母說清楚，我再不能容忍，要跟大廈的陌生人分享同一個洗手間，而不是像這世上大部分的人，擁有屬於自己的洗手間。要命的是，隨著時間過去，他們再也不是陌生者，我們的關係已經在公共洗手間無法挽回地展開。我的腦袋被他們的表情充塞著，我的鼻子被他們的氣味充塞著。只是我母她說：忘掉你自己。後來，我再也不向母提及洗手間的事。那天我說的是肉類，當我和她在吃著一桌子的蔬菜和蘑菇時，我說我想念肉類的味道。她便停下咀嚼的動作，看著我說：『我應該吃掉你的腦袋。你總是記著不該記著的事情。為什麼我們吃的不是你的腦子？』我母她是烹飪的能手。」

其實白的腦裡還有無窮無盡的話，只是他突然發現醫生跟他的母親一般缺乏耐性。在那個沒有午睡的下午，醫生顯得格外疲倦，他揉了揉沉重的眼皮對白說：「也許你的母親是對的，腦袋負荷太多過去的事情，會損害身體機能。」醫生站起身，撿走一幅未完成的腦部素描，他認為那是地球北半球的地圖，有助於他計畫假期的旅程。當醫生還是個少年時，已夢想著偷渡往北半球的生活，然而在這所專門收容偷渡者的醫院內，絡繹不絕的偷渡者每天都對他重複著不同的偷渡失敗的故事，使他益發沉迷工作，而他的妻子和情人都無法明白關於這個人的這一部分。

跟醫生會面是白的留醫生涯的轉捩點。他暗暗地等待護士和清潔女工走進來，然後在她們監視他把藥吃下去時，伺機把腦裡的話說出來。「你知道為什麼貨車車廂內還會有生還的人嗎？不是因為番茄或強健的體質。絕對不。車廂沒有燈光，而且是密封的，那裡滿滿的都是人，但我們看不見對方的臉。新鮮的空氣不斷減少，各人身上的氣味愈來愈濃烈。我嘗試忘記我的鼻子和呼吸系統。車子不住的搖晃，有第一個嘔吐的人。嘔吐像傳染病迅速蔓延，不久後，四周都是嘔吐的聲音和嘔吐物，我只好忘掉自己的胃部。車子行駛的時間太長，足以使我們死在那裡而無人察覺。我睡去了又醒來，那時我無法忘記乾裂的嘴唇，那使我記起每根骨頭的疼痛。我抓起一個番茄塞進嘴巴內，進食的動作和滿滿的汁液使我漸漸遠離了一切。車廂內的人迅速湧上來爭奪番茄，跟一堆沒法驅趕的螞蟻沒有分別。但那時我甚至忘記了他們、忘記了呼吸、忘記了他們的生命、忘記了自己的生命、忘記了味道、忘記了恐懼、忘記了死亡。我把番茄一個又一個塞進口裡，身旁擠滿了爭奪番茄的人，但我還是能，順利地把番茄一個又一個塞進口裡。」護士感到白的話像水蛇那樣使她們煩厭。她們只好增加藥物的分量，延長他的睡眠時間。

只有一個穿著藍色制服的年輕護士憐憫地對白說：「過去了的事情，還是忘記吧。昨天對今天沒有意義，今天對明天也沒有意義。」白聽著這句話，認為這洩露了他們的陰謀。據說，醫院內不止一次地發生護士錯誤分配藥物，導致病人死亡的事件，但在另一天，他們又把事情遺忘，因此能日復一日地在醫院幹活。白沒有任何選擇的餘地，只可繪畫腦部剖面圖。

當醫生告訴白，最近偷渡者的數目大幅上升，醫院的床位已不敷應用，他們不得不為他另覓一個容身之身，白並不感到意外，甚至認為那是順理成章的事情。白唯一肯定的是，他們對他的腦袋感到極度厭惡，才會作出這個決定。

醫生用冷冰冰的手緊握著白的手，對他說：「那是人們渴求的居所，你該感到高興。」

白實在是高興，他甚至找不到不高興的理由。大型商場的管理員領著白走進他的新居。他們經過大堂、扶手電梯、許多還沒有開始營業的商店、咖啡座、噴水池、管理處和公共洗手間，來到一個玻璃單位，內裡的陳設比一個家更像一個家，他走進去，坐在沙發上，把燈光調暗，突然想不到自己還需要什麼。後來，他才知道自己置身在大型家具店的陳列單位內。管理員對他說：「我們清楚地了解你過去的經驗，這也是你被挑選的原因。你擁有豐富的被窺視的經驗。」

白離開醫院時並沒有帶走任何東西，除了大量畫滿腦部素描的紙張。他身上仍然穿著白色的衣服，那格調跟陳列單位的家具非常配合。白發現每一件家具之上，都有著配置方法和內部結構的說明，只有他身上沒有，白由此而斷定這是他和靜止的家具的最大區別。

白以為自己會害怕玻璃外把陳列單位重重包圍的黑壓壓的腦袋，可是他只感到那些人跟醫院內的醫生和護士非常相像，都在他毫無防備的時候走進來探視他，只是玻璃外的人以幾何倍數迅速增加。管理員把午餐送給白，對他說：「這是許多人夢寐以求的工作，你該感到高興。」只有興起了購物慾望的人，才會攀附在玻璃上，久久不願離去；只有願意付錢買下家具的人，才可以得到跟陳列在單位內的人交談的機會。曾經有人提出要購買住在陳列單位內的人，可是家具店以那是非賣品為理由拒絕。

管理員把這些都告訴白之後，他說：「這種工作只適合你們。你們這些偷渡者。」白抬起頭看他，管理員的眼裡沒有任何輕視的意味，那是一雙失神的眼睛。白一直記著醫生和護士的失神的眼睛。在玻璃單位外聚集的人，也同樣擁有失神的雙眼。那些人都把視線放在家具或白身上。在白的想像裡，他自己的眼睛也快將蛻變成跟他們的一樣。

白為了躲避他們的眼睛，低下頭在空白的紙張上重新繪畫腦部剖面圖。他竭力描畫那些看不見的腦袋的形狀、大小、血管和神經線的分布。只是當所有他經歷過的、囤積在他身體各部分深處的事件，並不按發生時間的先後次序一併湧進他的腦子，他沒來由地感到那是發生在玻璃單位外其中一個「他者」身上的事情。密密麻麻的事情占據了他的腦子，他似乎能看見那個「他者」的身影。

高鼻子的男人買下陳列單位內的百葉窗簾，便走進單位內，坐在沙發上喝一杯熱茶，然後帶走他的貨物。白，正如百葉窗簾，並沒有權利選擇跟他待在一起的人。高鼻子的男人坐在白的身旁，以對著不速之客的語氣對他說：「我們都想住進這樣的單位，得到這種工作，但這些都被你們，這些偷渡者霸占。你們怎可剝削我們的機會？」白停下繪畫腦袋的動作，並把紙張空白的一面朝上。「並不是這樣，」白說：「我們只是不得不離開那裡。」白確實感到事情與他無關。「偷渡者住的房子並沒有窗簾。那是一幢建在公共洗手間之旁的低矮建築物，但建築物內並沒有獨立的洗手間。街上經過的人或洗手間的使用者，都能放任地窺探樓房內的人的舉動。那是合法的。樓房內的人活在數不清的目光下。我認識的那一個偷渡者，他的母親讓盜賊跟他們同住。那賊子沿著一條水管爬到他們的窗口。他們眼巴巴地看著賊子從窗口跳進來，弄壞他栽種的植物，坐在餐桌上跟他們一同吃飯，收看他喜愛的電視頻道，在他們的沙發上午睡，把他們的棉被蓋在自己身上，使用他的電腦查看電子郵件。他抓起電話要報警，但他的母親制止他。她說：警察到來之前，他有足夠的時間把我們殺掉。我們的生活仍能繼續，就讓他留在這裡，他總會離去。但賊子並沒有離去，他自如地進出房子，鄰居從不懷疑他是賊子。他無法忍受洗手間的氣味，他無法忍受肆無忌憚的賊子，但他的母親說：如果我們能適應樓房內的生活，為什麼不能適應賊子在身旁的生活？於是，他走上了前往Y城的貨車。」白確實感到事情與他無關，但當他向高鼻子男人複述這事情，仍然感到身體的各部分被無數陌生人踏過而隱隱作痛。

高鼻子男人拿著百葉窗簾離去前對白說：「那人的母親說得沒錯。你們已適應了那裡的生活，沒理由不能忍受，而到這裡來剝削我們的機會。」

無論白如何努力，也無法把自己代入住在洗手間旁的樓房裡那人的角色，他翻看連日來繪畫的腦部剖面圖，當中並沒有屬於他的腦子。白開始懷疑，那些記憶從來都不屬於他，只是別人暫時存放在他腦裡的東西，而那些東西卻圍繞著他團團的轉，成了包圍著他的空氣粒子。他把腦部剖面圖按完成的先後次序張貼在玻璃上，圍觀者的視線便從白和家具，轉移到腦部剖面圖。

臉上爬滿皺紋的女人買下藤製搖椅後，坐在上面，指向剖面圖，問白：「那是豬的腦袋嗎？」

「不，雖然豬腦是好吃的東西。」白說。那一天，他把神經線繪畫在腦袋以外，糾結的線條無法分清方向。

女人逐一細看那些剖面圖，問白：「你們究竟長了怎樣的腦子？竟會想到偷渡到這裡？」白只是說：「這跟腦子沒有直接的關係。我們只是無法在自己的地方切實地感受到自己的重量。住在Y城的人沒法明白，我們輕得像一根線。」白看著女人臉上的摺痕，隱隱地看見醫生和護士的影子，他說：「在那地方，我們必得把自己盡量壓縮，比一顆豆子還要小，比一根針還要小，讓任何人都不察覺，才能無恙地過活。就像那一個人，那個偷渡到Y城來的人，他原來住在一幢位於洗手間旁的低矮樓房裡，跟他的母親同住。他告訴過我，他母親企圖把他的腦袋掏空，以各種的方法。他常常練習一個動作，坐在地上，屈曲雙腿，手抱雙膝，把頭埋在兩個膝蓋之間，以容納惡臭的空氣，窗外那些有偷窺狂和竊聽癖的路人，和不願離去的賊子。然而，這樣並不足夠，他的母親一再要求他忘掉四周的環境，忘掉身體和祕密、忘掉自己、忘掉一切的事情……」

女人打斷白的話：「他的母親說得沒錯。無論你走到哪裡，也會發現世界沒有多大的不同。無論你在什麼地方，都只能忍受。」

後來，白再回想女人布滿棕色斑點和摺痕的臉，卻無法記起她以哪一種方法帶走那沉甸甸的搖椅，他彷彿感到那是事情的開端。實在，玻璃單位外不分晝夜堆滿了好奇心旺盛的人，他們之中的任何一人，只要揚一揚手，買下單位內其中一件貨物，便能走進單位內，坐在白的床上或椅子上，細看白的繪圖或探聽他在單位內的生活狀況。這使白不止一次地想到公共洗手間旁的陌生人，沒有窗簾的房間、賊子和他的母親。唯一的分別只是，他已經不願離開這裡。這裡像陡峭的山坡上的凹陷處，除了這裡，他再沒法在別的地方過活。

深夜，大型商場關閉，他躺在待售的床上，複習一遍即將流逝的回憶，白知道在陳列單位內過活的日子，如所有他經歷過的事情，如世上一切的事物，都會在人們猝不及防的情況下隨風消退。

白從床下的貯物箱找出一枝手電筒，在黑暗無人的商場內前行，走到管理處對管理員說：帶我在這商場逛一遍。

管理員在睡夢中問他：為什麼？白說：讓我熟悉這商場。

管理員只好走在白的跟前，踏著緩慢的步伐，像找尋失物一般，領著白環遊商場。「你可把這裡想像成一個巨大的圓柱體，一共六層，中央有大型的噴水池和升降機，緊急出口之旁有扶手電梯。第一層南面的出口可以通往消防局、西面的出口通往警察局。第二層東面的出口通向室內運動場、南面的出口通往露天遊樂場；第三層北面的出口通往另一個大型商場，西面的出口通往停車場；第四層南面的出口通往房屋署……」白跟著管理員走在商場內數不清的鏡子和迴環往復的反光玻璃之間，管理員轉過頭來對他說：「為了不致在商場內迷路，你必須牢記這裡每間店子的名字。這並不是困難的事，你在這裡住下來便會發現，店子的名字總是重複地出現在不同的商場內，那便是你生活的座標和方向。」

白詫異地發現，在那個樓房建在洗手間之旁的地區，母親對於他，或他對於母親的功能，與在這地方，一所店子對於他的功能，兩者之間，令人吃驚地近似。白開始懷疑，他的母親從小教導他呼喚「母」，並告訴他，他就是她的兒子，只是為了在蜂擁的陌生人之間，定下自己的位置。

管理員把白領回陳列單位，對他說：「只要你熟悉了這個商場，就能熟悉這裡所有的商場，畢竟這是個由許多相同結構的商場組成的地區。」

白始終無法牢記所有商店的名字。

管理員買下陳列單位內的一面鏡子時，白已成功地把所有腦部剖面圖密鋪在玻璃上，圍觀者再也不能輕易地把視線射到他身上。管理員把身體靠在玻璃上問他：「忘記了所有的事情沒有？」白只是說：「舊有的座標已經毫無用處，這裡卻有許多新的座標。」事實上，白要拿掉腦袋裡母親的座標並不容易。

那時正是一個季節即將結束的時候，陳列單位內的家具和人，也必得在新的季節來臨前徹底更換，那是貨物的循環規律。管理員發現自己無法順利地告訴白，由於偷渡者的數目與日俱增，在新的貨品運抵前，他們已找到合適的偷渡者取代白的位置。而且，他們決定把白安置在毗鄰大型商場的公共屋邨單位。管理員只是一再強調：那是許多人渴求的居所，你該感到高興。

白離開陳列單位的時候，並沒有帶走任何腦部剖面圖，便朝著大型商場第四層東面的出口走去。他想起醫生、護士、管理員、高鼻子男人和滿臉皺紋的女人的話，不斷回看陳列單位，並反覆地回想說話當中的破綻。

然而陳列單位已被別的偷渡者占據，他只能走向唯一的通道，到達公共屋邨的單位，並在記憶力被蠶食淨盡之前，畫下陳列單位的剖面圖，然後把新的居所，布置得跟陳列單位完全相同。

不過，白始終沒有機會住進那樣的一所房子，因為在新的居所完成布置之前，他已被另一個城市的警察跨境拘捕。他們對白提出的起訴是他從事非法買賣腦袋的活動，令人不安的不是那些腦袋全是瀕臨絕種的動物，還包括人，的腦袋，而是所有的腦袋都已超過食用日期，而且沒經過合格的防腐處理。

風箏家族

電鑽把牆壁鑽破後，鑽動的聲音無處不在。

我總是耗上過長的時間凝視一堵牆，卻無法確知事情起始的年月，只知道大型維修工程開始，尖銳的聲音便鑽進每個生活的細節裡。沒有人宣布工程何時完結，地盤的牌子上寫著竣工日期，但那是久遠以前的日子。最初我們只聽見鑽子空白的聲音，後來聽見牆壁四散的粉末、有垃圾房氣味的樓梯、人手鋪砌的磚塊、商店的天花板，頭部週期性的劇痛。不久後，我聽見一所被清拆的學校、還沒有長大的樹木、獨居老人流血的雙腿、昏迷者爆裂的頭部、流浪貓破損的肚腹和工人的斷手，淹沒了爭吵、電話和呼救的聲音。然而耳朵和鑽子的聲音已融合成一體，眼淚和憤怒像乾涸的水泥，成了一堵堅硬的牆，缺乏運動的人們無法攀越。

我忘記了是什麼時候開始適應這種轉變，要是我能記起，或能改變現狀，而我能適應這種改變，是因為長得太大，而沒有適時地死去。母還沒有對說話產生極端的厭倦前，經常重複地告訴我，那個素未謀面的外祖母臨終時，安慰那些為了履行悲傷的責任，而把身體各部分的肌肉長時間地緊繃的子女，她用快將消失的聲音說：「轉變是希望的開始。」

我始終無法肯定外祖母說話裡的真確性，即使我從童年開始思索她的說話。正如我無法肯定童年是不是確實在我的生命歷程裡存在過，如果童年就是像大部分人所描述的那樣子。

在殘缺不全的回憶裡，我，和許多跟我同齡的人，年紀幼小，在一個不屬於我們的世界裡，拙劣地掙扎、模仿，互相較量，企圖盡快學會這世界的生存法則，避免成為被排拒在外的人。所謂的童年，就是這樣子。

關於那段幼小的時期，我只能想到氫氣球。看著即將爆破的氫氣球從人們手中脫開，慢慢向上空飄升，遠離這世界，逐漸消失在大廈的背面，是少數能跟快樂靠近的時刻，雖然內裡也藏著更大的、轉瞬即逝的哀傷。

當母站在充滿打樁聲音的街道上，告訴我外祖母躺在地上的情況，我不知道該如何跟她要一枚氫氣球。

那是清晨至中午前的一段怠倦時刻，大部分的人都躲在封閉的大廈裡學習或工作。在臨時搭建的酒樓、不斷翻新的建築物和興建中的小型遊樂場之間，手裡纏滿氫氣球的老男人在冷清的街道上如幽靈般重複地徘徊。在身軀暴脹的外祖母和繽紛的氫氣球之間，為了使要求來得合理，我看著母說：「她肥胖的身軀，像七彩的氣球，飄到空中爆破。」我以為那是合理的說法，但事情比我能想到的更快。在我的呼吸轉換前發生，像世界突然崩壞，或電源被關掉。那天，我學會了「掌摑」的意思。我一直走在我母身後，看著她的高跟鞋踏在凹凸不平的地面。後來，外祖母和氫氣球在我的腦袋內變得不可分割，即使那時候，我已到了無法對氫氣球產生興趣的年紀。

但母從不以氫氣球比擬外祖母，他們寧願說她像一堆過期果醬，不斷向外傾瀉，核心來源不明。他們合力把她從醫院的床上抬起來，放進召來的貨車上，運送回家，然後把她關在其中一個空房間裡。當家族遺傳的脂肪，在令人猝不及防的情況下，在外祖母的身體內迅速積聚，生機勃勃地不斷壯大，外祖母只能癱軟在某個空房間的地板上，即使她的嘴角始終帶著某種深諳奧祕的笑意。

沒有任何專家能對過量脂肪的形成提出合理解釋（或許他們其實並不感到興趣）。母曾經告訴我，在那個狹小的房間裡，外祖母體內的脂肪惡作劇般不斷膨脹，醫生、護士和外祖母的親人也無法擠進那房間，只能遠遠地探視她。外祖母一直以不由自主的眼神看著自己的身體，但神態卻從不曾那樣的自若過。

母總是以各種理由禁止我跟他們一同探望外祖母，她最常做的事情是伸展她瘦弱的肢體，從中找出脂肪較多的部分，例如枯枝般的大腿，她會按著腿部的肌肉說：「不行。我們不能碰到她的身體。無論任何部分，一旦觸碰了，她會痛苦得馬上掉淚。」外祖母去世前的一段日子，身軀龐大得無法容納在一個房間內，他們不得不找來裝修工人，拆掉兩個房間中央的牆壁，外祖母才能順利地躺下來。或許我渴望看見外祖母的原因，只是她的體態使我想念家具店中無法找到的巨型沙發。

母能阻止我去看外祖母的臉，但無法禁制我聽她的聲音。那個星期三的下午，母外出後，外祖母打電話來找她，我說，她離開了。外祖母便喚我的名字，問我，是不是她的女兒。我說是的，她便告訴我，她是她的母親。我們透過那落了空的電話聽到對方的聲音，她說，她快要死了，卻沒有任何難過的感覺。「像我這樣的一個人，到了這把年紀，還有，這樣的胖，末了，就會像氫氣球向上飄升。他們沒有一個人相信這種事，但你，最好要相信。」

母並不像外祖母。外祖母成長於糧食不足的時代。母常常說起外祖母，似乎在她的國度裡，每件物件都帶著外祖母的影子或氣味。雖然這並不表示，她善待外祖母。

母看見細長的筷子、對面大廈單位的晾衣竹，或瀕死的野狗，都會說起外祖母。「在那個時代，飢餓使他們無法發現或感受自己的重量，一年之中的任何一個季節，他們都瘦削輕盈得像一根線。下午的風刮起時，他們不得不慌忙地抓著一根燈柱或陌生者的手臂，以免被颶風吹到半空中。當然有許多人死於營養不良或嚴寒的天氣，但因身子太輕而被颶風吹到半空中摔死的人也為數不少。」

只是外祖母在世上活了太久，她的孫兒出生時，人們喜歡把吃剩的食物扔到堆填區去，而外祖母像她的外祖母，或她外祖母的外祖母，脂肪暴發的因子，像嫩芽在她體內日漸茁壯，直至淹沒了她。以致她的親人每次把視線投向她，都在談論著要取出定期存款的多少部分給她訂製一副更大的棺木。

但我母都不像她們。從小，我便看見她的身軀和四肢有時纖幼脆弱得像冬天枯乾的禿樹，有時卻原因不明地膨脹，渾圓結實得像皮球。她為了使身體符合想像中的形態，胡亂地吃下過多藥物，但不見得有多大幫助。

我仍然常常想起那段日子，母的體重久久不降，她的眼神便變得陰晴不定，晚餐的白飯裡經常摻雜著黑黝黝而粗硬的頭髮，她呼出的空氣都帶著酸味，似乎只有我知道母的體味並非來自冰箱內腐壞的食物，而是體內遺傳自祖先們的脂肪。幸好我們都能心照不宣地裝作沒知沒覺，不然把我們緊緊地維繫在一起的家庭活動——不同的軀體圍攏在過小的圓桌吃飯、對脫離現實的新聞報導交換意見、輪流使用洗手間——必然無法順利進行。

我忘了在什麼時候，她的體重突然急速下降，而重新獲得枯樹一般的身子，我們的生活才回到日常軌道。

我不知道自己像外祖母還是我母，如果根據某種宿命的定理，我必會像她們之中的任何一人的話。曾經我認為她們對我來說不過是窗外慣見而陌生的風景，我會隨著年齡漸長而逐步遠離她們，正如我以為軀體不過是某種活動時使用的工具——我曾經耗了一段長長的時間學習素描，有許多年反反覆覆地描繪不同姿態的人像，他們或穿上衣服，或不，而我只著意繪畫他們的頭部，不得不繪畫他們的身體時，我以合乎比例的火柴或竹枝代表。（心理學家說，這是人格發展不完全的象徵。）

即使手和腳曾經筆直而脆弱像一根火柴，始終有一天，還是會以令人無法察覺的速度膨脹，像飽滿的氫氣球，無論如何堅執地肯定那不過是一陣子的事情，遺傳性的脂肪再也不會離開它習慣寄居的身體。

只有醫生對於突發性的肥胖不以為然。「每個人都有脂肪暴發的可能。」他把身子向後靠在真皮椅子上，懶洋洋地說。他戴著白色的口罩，我無法看清他的臉。診療室外等待應診的人，有的雙眼通紅、有的斷了一條腿、有的額上捆著紗布、有的躺在沙發上、有的手上拿著一個連接著身體的水袋……在那個蒼白而充滿刺鼻氣味的空間裡，不合常理的肥胖才是理所當然。寄望醫生的幫助，是不切實際的想法。醫務所門外是一條繁忙的馬路，工人用推土機修築道路。車子不斷往來，我想起醫生的話：「要是你生於病態肥胖的家族，即使你曾經消瘦得像厭食症患者，你早晚還是會變得跟你家族中的人一模一樣。」

那天開始，我無法在鏡子中辨認自己。

類似的事情，是曾經發生過的，還是將要發生，我漸漸不能確定。

或許我應該在更早以前適應轉變的速度。當我的年紀仍然幼小時，我，和許多跟我年齡相若的人，都在扮演孩童的角色，縱使我們並非全然無知。後來我才發現，每個人在人生的各個階段，都在做著類似的事情。我不能說，這些角色使我們的日子過得更困難，因為某些情況下，它在賦予著某種方便，例如抵抗周遭惡劣的環境。

維修和擴建的工程似乎從我出生開始一直在進行。我曾經問我母，那是什麼時候開始的事情，她總是茫然地搖著頭說不知道，這裡的人要不是吸入過多灰塵使記憶力衰退，就是對周遭環境失去知覺，才能在某些情況下顯得逆來順受。例如不分晝夜的鑽牆聲、洗澡時浴室天花板被鑽破、清晨時分，維修工人從窗子爬進來，表示要把水管重新接駁，甚至在晚飯後正在聚精會神地看電視的時刻，突然被告知正在居住的樓房是一幢僭建物。

我們在早上離家出門，晚上回到家裡，那已是不一樣的房子，我們總會發現牆壁破損，油漆剝落、或電線鋪設的位置改變、或煤氣喉管的位置改變、或地上有別人的鞋印，然而日子久了，我們漸漸不以為然。那空間只是睡覺和作息的地方，並不屬於我們。而我的煩惱卻是找不到隱藏的地點，只有角色可以讓我躲起來。

我在繪畫一個才認識了不久的人。

老師走過來看著畫中的人很久，他問我：「他的身體在哪裡？」

我搖了搖頭說：「他的身體剛剛消失了。」

那個扮演老師的人不能接受這樣的事實。

我只好告訴他，眼睛、頭殼、鼻子和頭髮都比身體更重要。

一群年紀相仿的人，被編派到某一個地方，需要共同學習的，不僅是在這世界生存的各種知識，更祕而不宣的，是關於失去身體這一回事。

那時候，我認為我母的身體、姨母的身體、外祖母的身體，都是與生俱來的，而且自出生以後從沒有改變。可是對於自己將會不斷長高、四肢變得更長的事，也抱著毫不懷疑的態度，似乎每個人都擁有完整的軀體，是理所當然的事情，而從不知道身體和房子的某種共通之處。

直至坐在我右方的高個子浮土失去了一條腿，艱難地推著輪椅上龐大的車輪進入課室。

沒有太多人對於他失去了一條腿感到驚訝，或許他們刻意在浮士面前裝作若無其事，但更大的可能，是他們對於意外早已習以為常，只要那並不是降臨在自己身上。以往浮士總是弓著背部走路以掩飾他的身高，但坐在輪椅上時他像是變了另一個人，臉上總是掛著同一副神情，就像野雞被豺狼銜在嘴巴內的那樣。為了洞悉他如何失去那條瘦長而流麗的腿，我常常跟他在一起。或我只是被那還沒有癒合的創口引誘著而靠近他。似乎只要跟他在一起，腥濕的氣味便持久不散，而那滋養了我的鼻子。我喜歡在午飯時間給他購買食物，而在休息時間，推著他的輪椅在走道上觀看球賽。即使他常常把我們的關係比喻為那對合力逃出火場的跛子和瞎子，我也默默地忍受著。

直至他缺乏血色的臉部重現笑容，終於告訴我：「那是遊戲的結果。」

他和白白的遊戲地點在堆滿雜物的儲物室。為了體驗人們所說的變幻的人生，他們的協議是，輪流閉上眼睛，由一數到十，各自運用想像力，使對方把眼睛睜開時，世界變得再也不一樣。

浮士先把眼睛閉上。

他從不知白白在什麼時候，手上拿了一把發亮的鋸子。或許他也不會想到，身體還沒有隨著鋸子抖動，腿部已經離開了他的身體。當他張開眼睛，找了很久，也找不到那條被白白鋸下的腿，他始終不知道他把他的腿藏在哪裡。有一段很長的時間，他仍然能感到那條失去了的腿異常痕癢，使他晚上無法真正入睡。

我想對他說，遊戲已結束。但什麼也沒有說出來。白白的父親看過浮土的截肢後，就像看見一件不合意的家庭用品，木著臉說：「這只是孩子們之間的遊戲。他們只是孩子。」

當我願意回想浮土以及他的腿時，我已在扮演成人的角色，也忘記了自己是否曾經參與那些林林總總的遊戲，興起要把別人的耳朵、手腳或乳房砍下來的念頭，或許我的四肢和頭部也差點被人砍下來，然而我已完全忘記。

我扮演著成人的角色時，才願意相信白白父親的說法。那只是孩子的遊戲。

我母深信，在發育尚未完成的孩童面前提及親人的死亡，會增加孩童夭折的機會，但她始終無法按捺把事情傾吐的慾望。我知道外祖母被埋在深深的泥土下，但從不肯定確切的日期。我母說，外祖母的外祖母，還有她外祖母的外祖母，在生命最後的日子，身體都迅速地脹大和變胖，因此外祖母該不會感到過分訝異，只是她的身體慢慢地蛻變成那些曾令她懼怕的軀體而已。母說，那是死亡來臨前的徵兆，而那也將會是我們的必經階段。我只是想，所有不曾親眼目睹自己出生過程的人，對於自己曾經是母體內的胚胎，只能相信，或不，而不能完全隔絕於這個系統以外。

但肥胖不是直接致死的原因。

我母說，有些東西卡在她的喉嚨裡。但這是醫生的說法，正如關於外祖母的一切，只是母對我轉述的部分，我跟我母一般感到懷疑。

「那些東西是什麼？」我母問醫生。

「比魚的骨頭還要粗大的東西，梗在她的食道中央，不上也不下，使她窒息死亡。」但那是什麼東西？我母再問。醫生便建議把外祖母的屍體剖開來，只有這樣做，他才能回答他們所有的問題。

「她有暴食的傾向嗎？」醫生問我母。我母把頭搖了搖。醫生理解的意思跟我母的意思或許不盡相同，我母其實只是不知道。

當外祖母身體內的脂肪漸漸長成，並具備了所有胖者的特徵，他們便把外祖母送到舅舅家裡。「只有他的家才有足夠的空間放置她，並且讓她伸展手腳。」他們無一不同意這種說法。舅舅只好把飼養兔子和貓的房間騰空（把動物扔到街上去），在地上鋪展一張墊子，讓他的母親躺下來。我母在每個星期三的下午到那裡探望她，雖然她們之間根本無話可說，但在一般的情況下，外祖母也會把視線停留在我母身上一陣子。即使在外祖母發胖前，她們的話也不多。我母坐在房間外，看著外祖母，眼光像在鑑賞動物園內受傷的動物。外祖母最常做的事情，是嘴角帶著曖昧的笑意發呆。母對我說：「她似乎活得不錯。」她由此而認為，外祖母讓時間流逝的唯一活動就是呆呆地看著窗外。即使她從不曾看見外祖母進食，也並不感到奇怪。「大概像她那樣胖的人，體內的脂肪已足夠維持生命所需。」我母說。

沒有人反對解剖外祖母的決定。醫生想知道病態肥胖的原因，舅舅無可無不可，那時候我母身上莫名其妙的疼痛已擴展至四肢及頭部，但她不願被陌生人檢查她的身體，只好在另一具跟她相似的軀體上尋找疼痛的源頭。或許胖得無法行走的姨母是唯一可能提出反對的人，但那時她已不能離開自己的床。這只是我的猜測，而人們往往只能通過猜測理解現實。

醫生從外祖母的食道拉出一串珍珠項鍊。我母一直鍾愛那項鍊，外祖母去世後，她翻遍了舅舅家每個隱蔽的角落也找不到。護士用消毒藥水洗去沾在珍珠上的分泌物後，我母終於能完全占據它。每天清晨，她都把項鍊從抽屜中取出，點算珍珠的數目，沒有人能明白她和珍珠鍊子之間的關係。

也沒有人知道，外祖母的胃部藏著許多他們渴望得到的物件。舅舅和他的妻子在那裡找到他們丟失多時的結婚指環、舅舅的兒子在那裡找到他的彈珠玩具、還有一件編織了一半的毛衣、祖父的遺物（包括一些玉石和金器）、打不開的皮箱的鑰匙、紙張的碎片，還有牆壁的瓦礫和石塊。或許有更多珍貴的物件，但母沒有告訴我，可能她也忘記了——在手術室外荒涼的走道上，戴著白色手套的護士拿著灰色的膠盤，內裡盛滿從外祖母胃部搜刮出來的物件，他們便蹲在膠盤前，黑壓壓的頭顱圍攏在一起，沉默而專注地選擇他們喜歡的東西，就像一起瓜分他們母親布滿傷痕的胃部。

醫生始終沒能解釋引致外祖母痛楚的原因。但沒有人對外祖母的胃部藏著的東西表現出應有的訝異，正如有很長的一段時間，外祖母房間內的東西有秩序地不翼而飛，也從沒有引起任何人的注意，當然也不會有人知道，外祖母究竟以哪一種心情，把所有觸手可及的東西，一件一件地吃下去。

於是，母不再見舅舅和他的家人，但她強調跟外祖母並沒有一點關係。她只是無法抑制嘔吐的慾望。

舅舅坐在圓形桌子的一端，我母坐在另一端，在那所沸沸鬧鬧、瀰漫吃剩點心氣味的酒樓，舅舅以宣布第一個兒子出生的響亮聲線，讓這個家族的每一個人都知道，外祖母如何不顧別人反對，硬生生地吃下他兒子的家課冊和祖父的遺照。「她無法禁止自己進食的慾望。」舅舅說，點起一根菸，然後告訴我們，當外祖母的身軀龐大得無法在一個房間內躺下時，她曾經要求舅舅省下聘請裝修工人的金錢，讓她把牆壁一點一點地吃光。「但時間已經不多。」舅舅再說。我母就在那時候，彎下身子，不能自已地嘔吐。

這個家族中的人，其實早已知道，外祖母仍然能自如地行動時，往往在清晨時分起來，離開舅舅的家，在大廈附近的公園來回踱步，為了躲避孫兒的戲弄和媳婦厭惡的目光，直至深夜，所有人都在睡夢中，她才回到家裡，盡量不發出一點聲音。只是那天她如常地把渾圓的身子擠出門口，才發現體內脂肪增生的速度遠比她想像中快。她奮力把身子向外推，擠得擦破了一層皮，仍無法把身子擠出去，也無法返回家裡。狹小的門框把她緊緊地拴著（那情況該與珍珠鍊子卡在她的食道相若）。消防人員到達前，沒有人能離開那屋子。

以後，日子便變得重複而規律，外祖母總是躺在冷硬的地板上。

浮土便沒有把事情再說第二遍，沒有告訴別的人，打消了找回失去的腿的念頭（實在肌肉腐爛和組織壞死以後，再也沒有重新駁回的可能）。這與他個性中怯懦因子的多寡並沒有關係，或許在他張開眼睛，發現左腿已脫離身體，跟白白一起消失不見以後，便切切實實地感到置身在懸崖邊緣，甚至沒法看清懸崖的底部是什麼，別的人卻仍然幻想房子非常堅固。

浮土不斷抱怨北風刮起使他的傷口難以癒合，然而他不過是嘴唇乾燥罷了。濕度降低至百分之六十以下，重建或擴展的工程更頻繁，我們的內耳始終被節奏紊亂的鑽牆壁或燒銲的聲音充滿，而浮土每次張開嘴巴，無論我如何把耳朵靠近他，他的話始終比噪音更遙遠。沒有人向浮土提出關於他如何失去一條腿的問題，但他們全都肯定那條過長的腿是被粗心的建築工人錯誤地鋸去。畢竟，在眾多機器一起發動的時刻，呼救的聲音無可避免地零碎而不完整。

天陰而多風的季節，還沒有順利度過發育期的人，喜歡聚集在球場的中央，進行爭奪皮球的遊戲，他們確信經常進行類似的活動，能使幼苗般的身軀，漸漸長成如實驗室內的人體骨骼模型。我能明白他們急迫的心態，因為當我緊握著浮土輪椅的扶手，也確信推著浮土和輪椅來回往返各類建築物的走道和布滿瓦礫的地面，能延緩脂肪暴發的危機。浮土沉迷觀看爭奪皮球的比賽，他們爭戰激烈得扭作一團的時候，他便會把剩下來那乾瘦的右腿在輪椅和地面之間不安地晃來晃去。而在那堆蒼蠅般胡亂擠作一團的肢體之間，我往往只看見白白愈發瘦長而強壯的雙腿，就像浮土所失去的。

潮濕的日子開始之前，由球場到浮土家的路顛簸不平，浮土想起傷口的次數便逐漸頻繁。為了分散他的注意力，白白總是一邊跟著他的輪椅走，一邊像散播流言那樣，告訴他在鄉間掃墓時如何清除迅速生長的野草。白白最喜歡拿著尖削的鐮刀，在別的人虔誠地膜拜、口中唸唸有詞的時候，把鐮刀拖在野草的根部，全速向前疾走，便會聽見野草紛紛脫落的低沉聲音。他收集許多如鮮嫩長腿的野草，站在山坡的頂端，把野草全都撒下去。只有在白白描述野草形態的時候，浮土眼中才會閃著異樣的光彩。

他們的關係，就像別的任何人或任何關係那樣不容易理解，要是那時候的我像很久之後那樣，明白難解是所有關係的共通點，必會感到不以為然。

外祖母去世後，家裡的人日復一日的躲在屋內，害怕接觸屋子以外的世界。我不知道我們是不是被自己的假想嚇怕。許多牆壁或地板被鑽破的日子，人們都逃到行人專用區或咖啡店，如果我們在那裡碰到認識外祖母的人，他們必會像討債的人那樣期待悲傷的目光或手勢，然而我們的內在卻什麼也沒有，空洞得似乎只要說出一句話就會聽見回音。最令我們不安的或許是被人識破了這一點。

於是妹妹把身子屈曲在書桌底下，認真而專注地把流行雜誌的每一頁都撕成面積相若的條狀。自從妹妹無論洗頭、上街、穿上新的衣服站在鏡子前、拿起電話筒按下一串號碼或看電視，母親不滿的批評都會像蚊子般充塞著整個房子，在我們可見的範圍內，她便培養出新的習慣：外出或把雜誌撕碎。

待在屋裡的時間，母複述往事的情緒格外亢奮，日常生活的瑣事也無法打斷或阻擋她。她的手裡不停地幹著各種工作，或摘掉蔬菜腐壞的葉片、或清除地上多餘的塵埃、或把濕透的衣服晾在陽光能照射的地方，嘴巴卻把過去的事反覆地通過各種方式說出來。我總是把視線投向另一個角落，強忍呵欠或身體任何一處的搔癢，然而我始終坐在她附近，不動聲色地忍耐著。最初我確實以為那是恆久忍耐的一種，但在聆聽的過程中，我發現事情剛好相反。就像我從不刻意，卻也沒有錯過任何窺看她們袒露身體的機會，似乎在她們粗心地洩露祕密的同時，那裡也透現出關於未來的一點什麼，雖然我從來說不清楚。當我把目光放在窗子以外凌亂的世界，常常都能發現那些骨瘦如柴的女人，有的在一棵樹下抽菸，有的在駕駛巨大的貨車，有的拿著掃帚清理街道，我總是希望她們之中任何一人會取代家中的那女人。母的說話方式、她所說出的事情、甚至那些事件中的每一個人，都明顯地已被狠狠拋離於這世代的背後，大部分的時間，我把臉別過一旁，然而只要把目光放在屋裡陰暗的角落，就無法驅走那種想法——那些事情其實正以另一種姿態慢慢地伸展至未來。

要不是母一再提及那男人，我便不會想起，他原來是我的父親。雖然在這所處處都是修補痕跡的屋子裡，並沒有他睡過的床、他坐過的椅子和他使用過的清潔用品，他甚至不會知道這屋子的所在，但我們都不能否認他確實存活於這世上。

「他是個胖胖的人，但他的樣子、輪廓和骨頭的大小，也能配合著肥胖的線條。第一次看見他的時候，我就發現這個人像是來自胖者的世界，即使跟他走在擠擁的人群裡，也不會感到他是個多餘的人。我早已知道他會不斷地長胖。」母從牆上的一道裂縫說到那肥胖的男人。她只有在我面前，才會如告解般把事情反覆地訴說，因為我從不打斷她或揭破她。人們或許能忍受不專注，但不能忍受被說破。在那短暫的停頓裡，我感到整個世界只有我洞悉，那時候她願意跟他走在交通擠塞的馬路上，正是因為他胖得像一柄張開的太陽傘，讓她能錯覺地以為自己偶爾發胖的身軀其實無傷大雅。只是我始終保持沉默，跟蜷縮在書桌下的妹妹各自看了對方一眼。

其實母最喜歡站在他龐大的身影裡乘涼，那片投在地上近乎黑色的深灰，像沒有人發現的休憩處令她感到異常平靜。如果他們的約會定在陽光猛烈的中午時分，前一天的晚上，她便會興奮得坐立不安。他總是比約定的時間遲了太多才會發現她的存在。然而她遲到的原因並不是無法從睡夢中醒來，而是在他目光渙散地等待的時候，她已經不動聲色地站在他背後那深灰的影子中央，閉上眼睛如置身海洋的底部，享受隨時中斷的安寧。那麼之後的好幾天，她的臉上便會持續地蕩漾著溫柔的微笑。

那胖男人從不掩飾自己嚴厲的個性，不止一次威嚇她遲到會帶來的嚴重後果，例如他會不停地掌摑她，或按著她的頭部狠狠地撞向牆壁。為了強調他實在無法容忍遲到的習性，他手腳並用地描述她受傷的情況，然而無論他如何繪形繪聲，他的影子帶給她的快樂，使她難以收起臉上陶醉的笑容。他們之間的誤會便日漸加深，他必定以為她是個溫馴的人。

這大概就是母經常重複地說，更大的錯誤總是源於誤會的原因。我只是不斷想到，這家族流傳的說法，時常重複說起類似的話的人，都會迅速地老去。

「如果我們的房子向西，事情就會完全不一樣，但我們的房子向北，而房子的方向，又從來不是我們能控制的事。」我母那天買了過多的豆角，在一張鋪上舊報紙的桌子上傾倒那盤澀青的豆角時，我懷疑要我幫助她摘去豆角尖端部分只是她消磨待在屋內時間的方法，或只是一個藉口，讓她可以再談及那幢他們曾經居住的房子。

「如果我們的房子向西，投在地上的影子就會更深沉。」母以一種哀嘆豆角壞掉的口吻說。根據她的說法，那屋子放置了過多雜物，家具比他們任何一人都要高，身體的影子就在這許多障礙物之間支離破碎了。「身影也會隨著時間過去而變質。」多月前，母在廚房的壁櫥發現一堆過期罐頭時，曾經這樣說過。

母始終固執地相信，要是那胖男人的影子能完整地鋪展在地上，讓她每天都站在影子的中央歇息，他們的關係就能一直維持下去。只是每次她在狹小的屋角站在他身後，也無法看見他的影子，反而更確切地感到，他後頸和背部的氣味，像死去多時的魚，使她再次想起一段不斷嘔吐的日子，而且發現原來自己從來不曾痊癒。我時常湧起要反駁她的衝動，然而我想不到除了聽著她不斷地說下去，還有什麼能令困在屋子裡的生活更好過一點。

母顯然也是善於忍耐的人，不然在那段胃部翻騰的日子，她不會什麼也不說，而且表現出異於尋常的快樂，坦率的胖男人反過來說出了她的想法。「他說：『這屋子不能丟掉的東西太多，家具的尖角時常令我絆倒。』說實在的，那時候的他，身體上隨處可以發現瘀黑的痕跡。你知道胖子的身體面積更大，傷痕可以占據的地方更多。」母死死地盯著那堆豆角說，我無法弄清楚為什麼那天的豆角好像怎樣摘也摘不完。

「那時候我盡量忘掉關於吃飯的事，打算使身子更纖幼一點，他便有更大的空間可以伸展手腳。」母懊悔地說。那胖男人還是無法忍受屋內侷促的空氣，除了睡覺之外，其餘的時間，他總是待在屋子以外的地方。但這並不是令母懊悔的原因。她獨自坐在暗黑的房子裡，認真地企圖要想起關於他的事情，他進食時的神情、走路的姿態、能不能抵受炎熱、打瞌睡和發呆的次數，還有每個動作的暗示等，然而除了那已遠去的身影，她什麼也想不起來。母必定以為，要是她知道胖男人的事情更多一點，那段孤獨的日子會更快地流逝。

「而且他拒絕了我的要求。」母告訴我，令她始料不及的還有，無論她如何懇切地哀求，胖男人始終不肯把那根幼小而透明的魚絲捆在最小的一根指頭上。「把魚絲的一端捆在他的指頭，另一端捆在我的指頭上，那麼無論他走到哪裡，隨著魚絲的震動，我就能感受到他的步伐和氣息，但他說，魚絲會割破他的手指。」母垂下眼睛，我並不喜歡這種神態，但一直不敢告訴她。母不住地強調，她預備了的魚絲，長度足夠讓他環繞整個地球一周。

確實有些東西憋在我的身體裡而它不住的想要衝破我，我便明白母無法停止嘔吐的狀況。我只好故意在空中揮動雙手，裝作驅散豆角的氣味，才能走到窗前，把頭伸出窗外，那時候我才不用掩飾自己的表情。我不能說母是個撒謊者，她只是沒有說出事情的全部，或許我只是不同意她說話的方式罷了。我不知道。當我把頭部伸出窗外時，幻想自己把一切反駁她的話都說了出來。

兩個月前，她躺在病床上，不斷地對我說話，她說她那麼討厭家人。從小，無論外祖母、外祖父、舅舅或姨母走到她的跟前，她都想把臉別過一旁，不看他們的臉。每次屋宇的大型維修工程展開，她總是渴望窗前會建出一道天橋通向另一所房子，她便能帶著衣服和書本，獨自住在那裡。外祖母確實應允了她的要求，只是窗前從沒有一道天橋，天橋也無法通向另一所房子。

她始終不肯承認，對父親肥胖身軀不滿的人是她，因為父親臃腫的身體霸占了她的空間，使她不敢肆意地發胖，也不敢隨心所欲地進食，她甚至擔憂懷孕時鼓脹而沉甸甸的腹部無處安放。她也不肯承認，生活的不如意跟胖子無關，無論她的丈夫是個高個子、瘦子、矮子或跛子，只要跟她同住在一所房子裡，或產生了某種密切的關係，她總會想出相應的方法，把他逐出她的範圍。我從不打斷她，因為她的說話提供了重要的線索，讓我明白，為什麼從小就感到母親那難以察覺，也難以忽略的恨意。實在世上所有的母親都對子女懷著或深刻、或微小的恨意，如果當中有愛的部分，而愛的部分又比恨的部分多，是因為母性中具備了對命運屈從的成分。

我幻想把這一切在母面前直接說出來，然而我只是盯著一個被建築工人挖掘得亂七八糟的深坑久久不放，把體內混濁的空氣呼出又吸入更冷的空氣罷了。妹妹把這一切看在眼裡，她睥睨了我們一眼後又低頭撕扯源源不絕的紙張，那聲音尖銳而刺耳，有時甚至淹沒了電鑽鑽破牆壁的聲音，紓緩我們頭部的疼痛。我實在感到妹妹是個堅強又勇敢的人。

我母還是傾向樂觀。雖然她對跟她同住的人所知不多，而且她總要把身體盡量靠近牆壁，把呼吸放輕，姿態像一棵畸型的樹幹，以免跟胖男人互相碰撞。但她始終心存盼望：「只要我比他長壽，總能完全了解關於他的一切。」母把豆角撒在鍋子裡的時候，告訴我那個無法完成的計畫。她本打算待在那屋子裡，即使他從不跟她說話，只有在她入睡以後，他才回家，但他始終會有死去的一天，那時候，他的身體便會停放在某個地方等待她。醫生會把他的身體剖開來，或許還會告訴她，胖男人體內隱藏的疾病，器官的完好或損毀程度，甚至他最後的一餐進食了什麼。

「不過，我沒能待到這一天。」說到這裡，母才會坦然承認，缺乏運動的身體，使她沒有足夠的意志力。在想像中的美好來臨前，她請求胖男人離開。母未完成的計畫留在我的腦裡，就像很久之後，我仍然清晰地感到，那盤過多的豆角，停留在我的胃部那樣。

浮土的夢，被滿滿的翅膀占據。爭奪皮球的比賽，漸漸成了千遍一律的肢體遊戲，可是我們改不了觀看的習慣，只好輪流編造謊話來充塞沉悶的時間。（某天我突然發現，那些謊話洩露了我們不願告訴別人的祕密。）

「如果我的背部長出了一對翅膀，那並不會把我帶到天空去。」浮土盯著白白的腿說。翅膀只能使他從輪椅上站起來，在馬拉松的跑道上，他以單腳跑步，把其他選手遠遠地拋離在背後。他跑進一條陌生的村落，「風掠過耳朵，又刺進鼻腔，前面有無盡的路。」但浮土臉上並沒有一點笑容，因為除了路以外，什麼也沒有，甚至沒有任何指示方向的東西，他不知道起點在哪裡。「我無法完成賽事。」浮土的臉色灰白像冬天的霧，他告訴我，那是他最近做的一個夢。「所以你到了這裡。當你回到起點的時候，你的腿便會重新長出來。」我把話說出以後，才發現那太像一個拙劣的謊話。但在交談的過程裡，說了不想說的話，是難以避免的事。

當浮土的臉色變灰，就是他再次想起久久不能癒合的傷口的時候。傷口有時會給他帶來意料之外的快樂。觀看球賽的時候，浮土骨節突出的手指，像撥弄琴弦那樣在傷口附近徘徊。傷口結痂後，附近的皮膚像爬滿蛔蟲那樣痕癢，但搔痕卻給浮土帶來異樣的快感，使他不得不加快手指的動作，並且閉上眼睛陶醉地嘆息，直至不慎抓破了傷疤，那裡重新滲出豔紅的血液。就像紓緩快樂過後的疲累，浮土會用盡全身的氣力，說出那些我們一直逃避的事情。「住在郊外的美妮，騎著自行車外出，打算就這樣越過山谷能享受冬天最後的陽光，但山谷下的老虎把她從自行車上拖下來，人們聽見她的呼救聲並拾起石子之前，老虎已把她的左顎骨咬碎，差不多扯掉了她的半張臉；還有嗜酒的莊，他也喜歡藥物，那天他把酒和藥物吃下去，打算睡一個長長的甜甜的覺，他飼養的狗瘋狂地吠叫，但他睡得不省人事，牠便走到他的床前，放心地一小口一小口地吃他，他醒來後，牠還沒有吃完，然而他已不再感到痛。我還要告訴你關於偉的事，那天他站在月台上，卻不知道站在他背後的人正被嚴重的幻覺纏擾，只是感到被一股強大的力量推向路軌，他等待的那班列車便把他的一條腿輾去了……」浮土用尖細的聲線，就像抱怨我們把他的輪椅推往顛簸不平的小路去那樣，把我們不想知道的事情說出來，但沒有人願意仔細去聽他的話，即使這是他宣泄懼怕感的唯一途徑。恐怖一經說出，便像細菌布滿空氣中。要是我不用另一個謊話打斷他，他必會孜孜不倦地說下去。

「開始的時候，人們都是一堆沒有形狀的東西，住在樹的中空部分，依靠樹葉呼吸，伸展枝椏互相溝通。但並不是每個人都能成功地扮演一棵樹。有些人在扮演的過程裡，跟樹漸漸分離，待樹木枯萎後出走。」

「他們到了哪裡？」浮土似乎嘲笑這個想法太荒謬。「他們寄居在不同的東西裡，都因為無法恰如其分地演出而出走，直至他們進入了人的軀殼。」

浮土直直地看著糾纏不清的肢體：「人的軀殼令人更難以適應。」

「但也有些幸運的人，會完全忘掉了自己本是一堆沒有形狀的東西，認為自己就是軀殼，那就不存在扮演和適應的難題。」我確實知道，那時候並沒有欺騙他的意圖，正如他也沒有作好受騙的準備，我們只是像編織過長的毛衣那樣，把謊話細細密密地縫起來，如果白白永遠不出現，我們或許能一直談下去，直至抵達令人窒息的深度。或許那時候我實在希望白白永不出現，但我們敏感的鼻子，終於還是會在某個時刻被他的汗味刺激而不斷地打噴嚏，就像爭奪皮球的比賽，終於還是會結束，我們眨了眨乾澀的眼睛，視線落在四周的環境，就會發現起重機停在不遠的地方，幾個皮膚晒成棕黑色的男人蹲在一塊抽菸和以紙牌賭博，平滑的地面成了無盡的石塊和泥沙，那裡已經無法被稱為球場。但我和白白還是會合力推著浮土的輪椅在布滿瓦礫和垃圾的道路上拚命奔跑，假裝殺手就在我們的背後，雖然我們心裡都有各自的想法，但從不宣之於口。或許在短暫的狂奔過程裡，浮土會產生自己還是高個子的錯覺，以為自己正在參加一場賽跑，終點就在不遠也不近的前方，他將要舉起雙手衝過去。白白以為白己手裡拿著看不見的鐮刀，而浮土的腹部以下則長滿參差不齊的腳，讓他可以瘋狂地任意收割。我的臉容雖然就像極度快樂時那樣扭曲起來，但我的內裡還是空空的，什麼幻覺也沒有。直至我們的氣力耗盡，才會在某處停下來喘氣，天旋地轉之後，世界漸漸回復了原來的樣子。

我忘了有多少個謊話被打斷而中止，永遠遺落在某些時間的空隙裡，只能一直那樣的不成樣子。只有一個話題，一經開展便無法收拾，那根幼長的尾巴，把我們帶到不可知的地方，或許那是最適合的方向。

那天我們把浮土的輪椅推到一幢大廈的大堂裡，卻不願意離開，當白白提出要參觀浮土的房子，我心裡就無法抵抗檢視殘障者傷口的引誘。浮土沒有抗拒的餘地，也有可能他認為房子不算什麼。

房子的牆壁被鑽破了一個洞，我們透過洞看見被維修工作弄得筋疲力竭的人。浮土回到家裡就像猴子回到森林，他脫離了輪椅的輔助，手攀著天花板垂下來的晾衣架，右腳踏過堆放在地面的錯落有致的舊報紙，然後扶著桌子的邊沿，又撐著一張旋轉椅，走進廚房，端出兩杯有黃色沉澱物的水，微笑著要我們喝下去。杯子和水有浮土的氣味，那是我和白白熟悉的氣味，然而在球場和街道上，那氣味是非常微弱的小圓點，我們常常無意地把臉別過一旁迴避它。可是走進浮土的屋子，我們坐在橫放著衣服和過期雜誌的椅子上，氣味從家具的油漆、桌子的布、窗框、磁磚、塵埃和沙發的棉絮，一點一點地散發出來，形成堅固的外殼把我們緊緊地包圍在中央的部分。我只能裝作觀看洞穴外的人拿著電鑽在鑽破另一些東西，同時發現浮土在適應經常變異的身體之前，已適應了那所流動的房子。

或許是強烈氣味的刺激，或許是洞穴外的人不友善的眼神，我突然感到白白、浮土和我三人共處在凌亂的屋子裡，荒謬得令人難以忍受。我們對於對方來說，本來就是陌生得就像街上碰了面也會把對方視作牆壁的路人，並沒有聚在一塊的理由。我把不潔的水倒進口腔和胃部，直至杯子空蕩蕩的什麼也沒有。要是在那短暫的時間裡，我能找出那根把我們維繫在一起的，看不見的線，或許我能順利地強忍著，不說破這種關係的缺口，直至死去那一天。然而把水喝光了我什麼也想不到。那根線不是浮土剩下來的右腿，不是發鏽的輪椅，不是爭奪皮球的比賽，也不是連綿不絕的謊話，它什麼也不是，只是人和人必得聚在一塊的定律。我們只是一直裝作在遵從這個規律。洞穴外的人開始聚集起來注視著我們，據說他們必得在下午的某段時間進食，以補充失去的氣力。然而那天，我只是看見他們放下了手中的工具看著我們，似乎在商議著一些什麼。

我便問白白，你把浮土的腿藏在哪裡？原來靜默的空氣，再也沒有熱鬧起來的機會。我把問題再說了一遍，你把浮土的腿藏在哪裡？他們的面貌和表情沒有一點改變，身體也沒有顫動，因而才顯得他們確實把話聽進去，同時沒有人能確定，那句話最後落在什麼地方，或引發了什麼。浮土先開始說話。他和白白像置身在沒有人的山洞內那樣談著只有他們才明白的私密的對話，沒有一個人把頭轉向我，沒有一個人曾經把視線掠過我。直至那天完結的時候，我們離開浮土的家，我也無法從那兩人的眼神或反應察覺自己的存在。

很久之後，久得我們都長得太大，面目和身體也朝著不同但相若的方向改變，使我懷疑某些階段的自己其實每天都在重複地死去，這種死亡使人容易變得麻木。我在密布各類商店和銀行的街道上，遠遠地看見浮土，他已脫離了某個階段的他，我也不是某個時期的我。他沒有坐在輪椅上，我幾乎能肯定，那條藏在深藍色褲管下的腿，比他原來的腿更適合他。他似乎走得很輕鬆，沒有人會知道關於他的左腿的事情。那時候，家族性肥胖的因子已在我的身體內無聲但張狂地綻放。趁著他的眼睛裡還沒有我，我拐進另一條向左伸展的街道，再橫過交通擠塞的馬路。我們都假裝沒看見對方。

我從沒對蝸居屋內的日子生厭，但母和妹妹的眼神都在譴責我背叛這種隱居生活。她們並不明白，為什麼我在屋子裡再也不能毫無顧忌地呼吸。那天早上，我沒有醒來，她們告訴我，直至下午，我也沒有醒來。母說，那時候你的臉孔發青得像一根不會成熟的香蕉。救護人員把我放在擔架上。我便醒過來，四周的空氣異常冰涼，天空沒有太陽，但慘白的顏色很刺亮。青春期以後，再沒有說過話的妹妹突然告訴我：那時候我以為你已經死去。

以後每一天的晚上，為了避免在睡夢中窒息，我必得把頭擱在窗子外，盡可能把嘴巴張開。

姨母跟母的反應相同，都不相信我的話，而認定了我是個喜歡撒謊的人。雖然她們都同樣激烈地否定兩人有任何共通之處，但她們確實是共生的，我沒有把這些告訴姨母，因為她的性情比母更暴戾。

當我推開大門，站在沙塵飛揚的屋子外，對她們說，我要外出。我說：外面的空氣比屋裡的清新得多。母和妹妹轉過頭來，以看著入侵者的眼神看著我，但沒有問我上哪裡去，或許她們都知道，我可以去的地方並不多。

當我走到姨母家的窗子前，她已經在看著我，那眼光使我不知所措。後來我一再想起那情景，才發現事情並不是這樣。她一直在看著窗外的某一點，是我突然闖進她的視線範圍內。她訝異的表情，就像看見一頭碩大的老鼠，以致有一刻我不敢動彈，而認為自己站在老鼠經常出沒的地方。

為了表示禮貌，我想輕輕地敲窗子，然而我竟然用力推開它，並朝著她大喊「開門！」她只是點了點頭，告訴我如何找出藏在門檻之間的鑰匙。她或許並不知道我是誰，正如我也不能確定她的身分，只是她鬆弛的軀體、胖得面目模糊的臉孔和失落的姿態，讓我看見母所描述的外祖母，使我能肯定，她的家是可供我躲藏的地方。即使時間不斷過去，某天之後，我沒法再看見姨母，但她躺在陰暗房子的椅子上，而我站在窗子外的情形，依然時常的，教我想起都感到畏懼。不知重複想起了多少遍，我才明白我和她隔著窗子的距離，就像很久以前，她跑到我家探望我們，總是會站在門外，跟我母隔著鐵閘痛罵對方的距離。

她看著窗外對我說：「外面的霧這麼久仍未散去！」我以為她在觀賞外面的霧，但當我把頭回過去，卻看見陽光下的空氣從不曾形成薄膜，大廈和樹木的輪廓異常清晰，她所說的霧，不過是黏附在窗子上厚厚的灰塵。那時候，我還不知道她所注視著的是什麼，只是她懷著焦點的眼睛，比我所見過的任何眼睛都要悲哀。

「你知道我是誰嗎？」她聽到這個問題時，只是把頭輕輕地搖晃，直至我說：「那你怎麼會讓陌生的人走進你家？」她才把視線移向我說：「你像一個人。」

我便打消了要告訴她我是誰的念頭。那並不是她感興趣的東西。最初我不想打擾她，漸漸卻感到身分其實是次要的事。

我踏入她的家時，確實是因為從她身上看見那素昧平生的外祖母的影子。之後每一天的早上，我都在差不多的時間踏進她的家，門在我身後關上時發出相同的響叫，就像是對痛苦不耐煩的聲音，我就確定了她是姨母而不是別人，因為她眼睛裡有固執的焦點。眼前的人，就像任何一個我家族中身不由己地突然肥胖的人那樣，體內的脂肪急劇增長，身體的每一個部分都被脂肪和肌肉結結實實地填滿，以致他們沒有足夠的力量站起來或在屋內繞一個圈子，即使只是純粹支撐自己的身體也感到吃力。他們無法從一幢房子走到另一幢房子，因為一旦湧起那念頭，便有幾個看不見的人阻擋著他們的動作，那些人都是從他們的身體上生出的。那些人也是他們自己。他們被囚禁在自己的身體內。

姨母的身體還沒有成為她的障礙前，她常常帶著零食和玩具探望我們，然而她有別於其他探訪者，臉上缺乏欣喜的表情，只是像岸邊的垂釣者那樣，把手上的紙袋隔著鐵閘拋給我們，那煩厭的手勢使我們覺著身為魚的無奈，即使母知道她站在門外，還是會裝作不察覺，而把自己埋進重複的家事中，直至姨母用力敲打木門和大聲叫喊：「開門！」母才會走到離鐵閘不遠的地方，跟她談話。她站在鐵閘的一面，母站在鐵閘的另一面。我不知道那跟巷子太狹小有沒有關係，她們說出的話，都像許多玻璃的器皿同時從高處落在堅硬的地面上，即使我們躲在房間的木板後，還是會清楚地聽見某些東西崩裂的聲音。即便如此，每次我們聽見那輛黑色的汽車，從遠駛近那尖尖的響聲，還是會攀在鐵閘上等待她。她不會知道，我們的視線早已在她不察覺的情況下從零食和玩具，轉移到她高跟鞋的幼帶子、簡單但奇異的服裝、頭髮的層次和沒有污垢的指甲上。後來我沒法忘記的卻是她幼小得看來容易折斷的手和腿。我說她必定能擠進每個縫隙裡，像將要關上的車門、快餐店密集的桌子之間，和超載的升降機。妹妹對她的懷念並不比我的少，她說：下午的風刮起時，她必定能從一個城市飄到另一個城市。即使母有時會說她是個睡在房車裡的婊子，而我們都明白她的意思是說她乘著黑色的汽車到不同的人的家裡去睡覺，但這使我們要見她的慾望更強烈。

她跟母不再交談的許多年以後，我再見姨母，她已被沉重的脂肪堆疊了很久，使我想起山泥傾瀉中的受害者，我沒有問她是什麼時候突然開始的事。要是她告訴我，身體將會變成一塊石子、魚的鱗片或大廈外牆的油漆，我也會認定那可能會發生，畢竟可見的固定總是比變遷更短暫。

但姨母只願意跟我討論空氣質素的問題。「你怎麼會來到這裡？」她的視線被一隻鳥擾亂後問我。「我無法適應室內的空氣，那裡的空氣藏著令人窒息的粒子。」但我的坦白卻令她冷笑，她說，那裡的空氣混濁並不奇怪，奇怪的是我竟然能忍耐一段那麼長的時間。無論我如何冷靜地強調，空氣是在一夜之間改變，她仍然不當作是一回事，還說要不就是我的呼吸系統潛藏著看不見的毛病，要不我就是個喜歡以撒謊達到目的的人。我找不到鋒利的言詞跟她爭辯，沉默下來的片刻，漸漸感到她的話刺中了真相。

「那你覺得這裡的空氣怎麼樣？」姨母再次主宰了談話的方向，我只好告訴她：「空氣很好。呼吸的時候沒有任何障礙。」姨母的憤怒卻由此而生：「怎麼會是這樣呢？這裡長年累月的霧氣使屋子沒有一點光。」我只好把窗子推開，告訴她最遠的一棵樹上，站著一隻鳥，而鳥的羽毛是黃色。

「那裡是不是有一個人？」她問，但我看不見任何人。她便要我每天站在那窗子前，告訴她那裡是不是有一個人，雖然我從不知道那是一個怎樣的人。但她說那是我進入屋子的唯一方法，反正她每夜都會把鑰匙藏在不同的地方。

那天我從門外那些盆栽的底部找到鑰匙，姨母躺在一張長沙發上等待我，使人感到她是另一張設計獨特的沙發。我站在窗子前，告訴她外面是許多低矮的屋子，有些屋子的露台晾著變灰的白衣，另一些屋子的門外有一些狗來回踱步，而地上滿是不規則的水窪，遠處山坡上的草已經變黃。「不！不是這些。」她把我喝止，然後對我說，那人只會站在窗子的前方，不太遠也不太近，剛剛讓她能看到他。她指示我站著的位置，阻擋了她投向窗外的視線，我以為她要紓緩疲倦的眼球，但她說已不能信任自己的眼睛。「在我等待他的時候，他確實出現了，在約定的時間出現。他重複地出現了許多次，在同一天的同一時間出現。」但她只能躺在一張椅子上，而回想的過程，讓她加倍懊悔。「或許我應該在他第一次到來時走出屋外。」她說。那天她發現自己的身體微微發胖，無法穿上在一星期前挑選的裙子。「或許，他能再等一陣子。」她曾經這樣想，但事後卻發現是個過分天真的想法。一星期後，她變得更胖，他站在她的屋子外，而她把屋子的燈全關上躲在角落發呆。她進食的分量減至最少，每天都在客廳原地跑，這計畫持續了許多星期，但發胖的速度還是在她意料之外，她已經穿不下衣櫥裡所有的衣服，就像一個陌生的人，她闖入了自己的房子，而她的房子和房子中的一切並不屬於她。「我已經消失了。」她說。「在任何地方都沒有我。」唯一肯定的事情，是他會在相同的時間到來，站在她的屋子前。他是個守時的人，但沒有異於尋常的耐性。當他高聲地咆哮、在屋子前的每一棵樹上都寫上她的名字、不斷向她發問、攔阻每個過路的途人、威脅要把她的房子燒掉的同時，姨母為了抑壓自己跑到屋外的衝動，漸漸能成功地說服自己，眼前所見的不過是一種假象，那全都是不曾發生的事情。即使他站在窗外子外，而她的視線確實落在他身上，她也相信那其實是一種幻覺，因而不能對他微笑。然而日子久了，她又生出了另一種恐懼，「我害怕他沒有前來的時候，也會看見他。」

「快給我看看，」我的姨母聲音也變了，她說：「我不要活在幻象中。」

我只是看見窗外的樹很綠，風刮起時葉子碰撞發出像是許多人同時嘆息的聲音，但沒有一個人走過。姨母對失望沒有絲毫不耐煩，她說：約定的時間還未到。「或許你可以再找另一件裙子穿上，待他來到時，走到屋子外見他。」我說，但沒想到這話刺痛了她的情緒，她掀起桌子上的玻璃燈摔在地上，碎片撒得遠遠的，形成了一道不能踰越的屏障。

姨母憤怒的時候，身上過盛的肌肉隨著突如其來的動作像浪那樣波動起來，像永不靜止的海面。她蓋在身上的破布有奇怪的花紋，或許那本是一幅窗簾，或許那本是一張桌布，母描述外祖母在最後的日子，身軀巨大如象，無法找到任何合身的衣服，他們只能把幾張被子縫合起來蓋著她。母說：「反正已經沒有人對她的身子感到好奇，如果不是因為天氣太冷，她甚至可以光著身子躺在地上。」我一直沒有告訴她，當然也不會告訴姨母或任何人，我渴望探望外祖母的原因，只是為了躺在她柔軟的身體上，做一個夢。

第二天完結的時候，屋子前方仍然只有慌亂啼叫的鳥。無論我閉上眼多久，也無法緩和眼睛的痛楚。當淚水滲出了我的眼角，我只能回到那個讓人無法呼吸的地方。

我把木門打開的時候，姨母沒有作聲，我以為她已經睡去，但門在我身後關上之際，她突然朝著我大喊：「你像一個人。知道是誰嗎？」即使我加快了腳步，要跑到遠離屋子的地方，但也逃不過她的說話。她說：「你像我。」

我一直以為會透過窗子看見那人。我的角色只是站在窗子後，告訴姨母，那人已經站在屋子外，或拿著一塊手錶，計算他一共站立了多少時間。只是當我站在窗子後，眼前只有靜止的風景，或偶爾翻騰的垃圾，便會重複地擬想他正從日光的相反方向走來，因為那虛假的幻想，雙腿痠軟的時間一點都不漫長。

他把腳步停定在屋子前，但不肯定能否順利進入姨母的視線。我站在他身後，發現他的背面有點像屋子附近那些瘦弱而搖搖欲墜的樹。我問他：「是不是你，在樹幹畫滿塗鴉？」那人把頭轉過來，就像風經過時，樹枝搖晃的姿態。他問我如何得知關於樹木的事情，我示意他看看窗內的姨母，並告訴他：我將會朝著她的方向發胖。可是，我們一同看著那窗子時，竟然無法看見任何人的影子。

姨母把身子藏在一幅巨大的藍色帷幕背後，我把帷幕的一角掀開，便看見她那張五官已崩塌的臉，她說：「已經有許多年了，無法找到躲藏的地方，就像寄居蟹找不到新的硬殼。」多年來她只是想找一幢沒有窗戶的房子，然而身體的狀況卻不容許她步行到另一個地方，而且她不肯定是否能通過狹窄的出口，她從沒想到，最終能供她歇息的是一匹藍色的布幔，那原是用作縫製一襲曳地的長裙。她說她不會忘記想像中那襲裙子曳在長樓梯階級的情景。

我依照她的囑咐站在窗前觀看那人，卻並不是為了她，只是她躺在藍色帷幕後，像午睡那樣閉上眼睛，使我彷彿看見巨大的外祖母睡在比她更大的棺木裡。姨母說，你看著，你給我好好地看著他。已經有許多年，我不曾好好地看過他的眼睛。

我不知道看著他的眼睛時，是否帶著姨母的目光，但我從他的眼睛裡，竟看到更新鮮的空氣，心裡有自由的聲音呼喚我，離開那窗子前的位置。他從我身上看到必不是我，想必這是我從開始的時候已經知道的事。

就像每個怯於冒險的人，我始終站在窗前，沒把腳步挪動。如果姨母和那人是兩個點，我就是橫在中央的一根線。他一直站在相同的位置，直至過了約定的一小時，才轉身離去，那個背影像在告訴我，他會在相同的時間再來站在那個位置上。姨母在確定過他離去之後才會掀開帷幕問我，看到了什麼，我就告訴了她關於背影的訊息。當然她認為並不足夠，繼續鍥而不捨地向我追問，她想知道的只是關於眼睛的事情。但我沒法把從他眼中解讀出的東西曝露在她的目光下，那已成為了一種祕密或創傷的源頭，就像她也沒法把變異的身軀曝露在世界的強光下。

以後每個星期的那一天和那個時間，我們三人始終堅守著自己的位置，日影和光線隨著季節轉移，但誰也沒有踏出自己的範圍。最初我在適應這種全新的狀態，但在站立的過程中，我不斷猜想誰會先說出不耐煩的事實。

我開始搜尋一幅布，是因為姨母說渴望再嘗嘗穿上衣服的感覺，但她只願意穿上由這屋內的布造成的衣服，她無法抵受的不僅是人們帶刺的目光，也是被他們看過的每一幅布。我把桌布扯出來，但那寬度不足以遮蔽她的身體，又把床罩和床單翻出來，但她最討厭那顏色，於是只剩下兩幅窗簾。我對她說：「這是最後的機會了。」她仍然不滿意那窗簾，但已沒有別的選擇。失去窗簾的保護，屋子的結構和雜物曝露在自然環境和陌生人的目光下。但姨母說，她還有那藍色的布幔，那是唯一能讓她藏身的所在。

或許姨母比誰都清楚，新衣並不會有完成縫製的一天。任憑時間過去，她的身體仍然像一輛失控的列車沒休止地發胖，過度的肥胖早已使她的骨骼變型，我們沒有經歷過但誰都認為這狀況會持續至死去的那一天。

我把殘舊的窗簾布縫合，隨著姨母體形的改變，窗簾又被拆開，又縫上，那過程如同出走，重複而目的不明，但並不令人難以忍受。在窗前等候那人的時候，我便掏出針線和窗簾布，把尖細的針穿過布幔足以忘卻任何人的存在。

我沒想到他會把頭從窗口探進來，曝露了他耐心的不足夠，他問：「還要等多久呢？」他的臉在離我不遠的地方，顏色就像雨後鬆軟的泥土，透露內心的表情埋在深處，使人湧起挖掘的衝動。然而我無法跨越那界線，藍色的布幔始終死寂如鏡子，我不明白她如何能忍耐，而她的沉默使我們都找不著要說的話。

時間如向前行走的螞蟻，我和那人隔著一扇窗的距離，只能巴巴的看著它過去。他在等待姨母的回應，或一個暗示的手勢，我在等待他更激烈的舉措，砸碎一隻窗子或爬進屋內，但他已習慣等待的守則，只是呆立在窗前，像一片風乾了的樹葉。我只得低頭把線牽扯進布的紋理裡，即使他轉身離去，也不感到悲傷，那不過是個開始。那是個令人不解的等待的過程。

當我跟那人站在那棵刻滿名字的樹下，我問他：「究竟等待是如何開始？」他看著沉默的樹說：「從被等待的人把自己藏起來那一刻。」但我不同意，我說：「是虛假的盼望開始的一刻。」

那時候，他只希望我能仔細看看那棵樹。他說，初次到達屋子窗前約定的地點時，那還是一棵瘦弱矮小的樹，然而現在已茁壯高聳如巴別塔。他一直留意樹的生長速度，只有樹葉的脈絡能描述他的苦惱，而樹的高度標示著等待的時間。

然而對我來說，等待出奇地短暫，像所有沒有價值的事情，後來我始終想不起那等待的時間有多短促，只是一直認為是一場雨結束了等待。我從屋前的地氈下找到鑰匙的一刻，雨就開始細細密密的下，雨聲淹沒了一切混亂的躁動，他沒停止在屋前踱步，我把針規律地刺進布的花紋裡，直至姨母的聲音擾亂了我的針步，她說：「把他帶走，帶到沒有雨的地方。」那時候我沒能想像姨母的焦慮，與其說她害怕他病倒，不如說她怕他再也不來。離開窗子後那位置之前，我沒法感到出走的興奮，要是那天，我找不到一柄傘子，或在姨母的衣櫥內，找不到那襲白底紅點的裙子，根本無力打開那屋子的門。

我忘了我們的對話如何展開，只能肯定我們都錯過了認識對方的階段。我們躲在一柄黑色的傘子之下，像相識已久的人那樣攀談起來，但無論交談多久，也無法擺脫陌生者的狀況，要是脫離了姨母加給我們的身分，在那沒有雨的地方，我們什麼都不是。

他告訴我那棵樹上每個相同的名字都代表著一天的忍耐，他用那忍耐的力度把名字刻在樹的軀幹上。那天，他沒有說太多的話，只是要我把那力度牢記下來，再告訴姨母。我不知道姨母能否從我的描述中，感到刻劃的力量，因為我花了更大的力量不告訴她，我從他的眼中看見自己是一條沒有盡頭的通道，我也不告訴她，我看見的他是什麼，而在隱瞞她的同時，也不可避免地不告訴自己，最終我確實忘了他是什麼，而忘了的事情就像從不曾存在過那樣。

另一個星期的另一天，在約定的時間，太陽燦爛得可怕，像抑壓已久的能量來不及要爆發。我坐在窗前，第二十次縫製一隻袖子，從清晨時分開始忘記等待的事情，實在到了約定的時間，我也沒有覺察他的腳步，無法忍受等待的人卻是姨母，她叫我：「把他帶走，遠離熱毒的陽光。」

當我和那人站在亮得眩目的陽光下，一切都變得不真實，或許是因為地上的熱氣蒸騰，遠處的東西看起來都是一縷煙的形狀。我告訴那人，要把他帶到沒有陽光的地方，我說：「這全是姨母的意思。」（然而只是我渴望一切變得真實起來）他便低著頭一直走，刻滿名字的樹後是更蒼老的樹。他在一片巨大的芭蕉葉下停下來，我們站在葉的影子中央。「等待是從絕望開始的，」他說：「等待是排遣絕望唯一的方法。」在沒有陽光的地方，他說他被卡在時間的中央。「我在日曆的某個日子，畫下了只有我才明白的記號。那日子似乎一直沒有過去，它以奇怪記號的形式存在於我的腦裡。她沒有如我們承諾過的那樣，從屋子走出來。後來，她再也沒有，在星期二下午四時二十分，到達屋子的前方，也就是我們約會的地方。」我無法從他身上找到時間留下的痕跡，沒有布滿摺痕和斑點的皮膚，沒有變灰的頭髮，也沒有積聚脂肪的肚腹，我便不由自主地相信，他被卡在時間的夾縫裡。「從那天開始，」他說：「睡眠總是不安穩，無論我吃下多少食物，體重還是處於過低的水平，口腔潰爛一直沒有痊癒。或許你不會相信，從那天開始，有一顆會變大的石頭在我身體慢慢生長。」他按著腹部，看著我。我便害怕自己的臉洩露了不以為然的表情。沒有醫生願意相信他的話。他說，他們照了一張能透視他身體的黑白圖片後，都不約而同又漠不關心地告訴他：沒事的，只管放鬆一點。「他們只相信肉眼或機械所見。」他告訴我，只有一個黑市醫生認同他的說法，並讓他知道，繼續等待是治癒病症的唯一方法。「我已經失去不相信的權利。」他看著不遠處的陽光，那刺痛了我的眼睛，就像永遠不能到達的地方。他說，沒有人知道的事情是，只有姨母在約定的時間走出屋子，他才能趕上時間的速度，擺脫各種糾纏不休的疾病。

「而她，確實是殘忍的人。」我從這句話中聽到聲音中老去的部分。姨母沒有告訴我們的是，站在陰涼的地方過久，寒意便會像結了疤的傷口那樣附在身體上久久不褪。

姨母說，她本來打算把縫紉的針穿過厚實的窗簾布，但那根針卻穿過了她手指的皮膚。我看見她的指頭和窗簾布上的血塊同樣殷紅，而她的眼睛（即使在她發胖之後）從不曾那樣呆滯，使我想起別人搬家時沒有帶走的電冰箱。「不要緊，只是一小片，就像別緻的花紋。」我說，但我們都同樣清楚知道，那是最後的窗簾布。我不知道姨母發呆的原因，是窗簾布還是其他。她喋喋不休地說：「我是不是一部壞掉的縫紉機？」她反覆地問了我許多遍，那句話便像一首歌曲嵌在我的腦裡。

她要我每天告訴她一遍，那人被我帶走後的情況，說過的話或最常做的動作。我想了很久才說出，他的肚子裡長出了奇怪的石子，除了她依時踏出家門赴會，再也沒有抑制石子生長的方法。但姨母只是希望能穿上那件由窗簾布造成的裙子，在她的身體還沒有因肥胖而爆破之前。

「你不會明白，她已胖得像一頭巨大的象。」那人把我帶到水族館後，我對他說。

那天清晨，我在姨母儲蓄晾衣夾的罐子找到鑰匙，那人已經站在窗子前，或許對姨母來說，那人已成為不可或缺的窗飾。乾燥的天氣使緊繃的嘴唇滲出血絲，姨母便命令我，把他帶到潮濕的地方。

鯊魚晃著鰭在我們頭上經過，我們看過不同的魚的腹部。他告訴我又做了那個夢，夢中他在泅泳，但他的泳術並不精湛，而且泳池混濁的水凝固了——黏結像擱涼了的雞油。奇怪的是，他的四肢仍能像蛙一般擺動，身體依然有節奏地前進，並沒有下沉。他離開那泳池之前，皮膚因曝晒過度而脫皮的救生員告訴他，那是姨母的腹部。

或許是魚無聲地游泳使他想起某個無意義的夢。頭部呈三角形的魚再次經過時，他說已作好準備，實在他從很久以前就開始練習，如何跳一種能使身體瘦弱的雙人舞。在那個巨大的魚缸前，他要我扮演姨母的角色，但我說：你不會知道，她的身子比我的肥大多少倍。為了模擬姨母的身軀，他必得站在離我數呎以外，把雙手盡量向兩旁伸展。當我們都擺出了舞蹈的基本姿勢，相差的距離，大概相等於姨母的重量。他合上眼睛，裝作在抱著某個不存在的人，自顧自地繞著我跳起那種笨拙的舞步，我唯一能配合他的動作，只是不斷地自轉，確保二人之間的面孔相對著，就像太陽和地球的關係。

在沒有約定的日子，姨母一再追問那天我們到了哪裡去，除了水族館的名字，我什麼也說不出來，只是模仿他笨拙的動作，跳了那支舞，但我始終不知道姨母有沒有弄懂他的意思。

沒有人知道他如何忘記約定，就像我無法查證窒息症併發的原因。不能呼吸的時候，只感到餓，進食的慾望慢慢地淹蓋了生存本身。窒息和肌餓平衡地在我的身體裡展開，但呼吸困難並不是毫無先兆地開始。我坐在窗前，縫合衣服的領子，過了約定的時間，窗外並沒有他的影子，只有一團慌亂而憤怒的蜜蜂從某棵樹驀地升起，像車子駛過後揚起的沙土，密密麻麻的昆蟲把窗子的範圍鋪滿，除了糾結的一團我什麼也看不見，也許是昆蟲帶走了他的影子。蜜蜂向著太陽的反方向飛散後，我便看見微塵黏附著空氣，白色的粉末無處不在，不知名的東西把我的呼吸系統堵塞著。

我來不及向姨母道別，奔跑回家的路途上，只感到身體裡空空的什麼也沒有，甚至無法感到自己的重量。屋子那房間牆壁的底部參差不齊地破了一個洞，洞穴外是工人把褲管捲了起來的腳。桌子上散亂地放滿各種雜物，如果那時我沒有把一片橡皮膠放進嘴巴內，可能便會丟失性命。我嘗試咬碎一支橙色的口紅，把母用作編織毛衣的線團吃掉，從碎紙機中掏出紙條一點一點地吃下，再吃光一本書，令人始料不及的是身體竟能溶掉妹妹心愛的布袋。除了那家已結業的名店所生產的膠袋有淡淡的梨子味以外，所有東西都是苦澀的，有一些不那麼苦，另一些更苦，然而進食的過程中我離他們遠遠的，就像到了無以名狀的空間，當我想起外祖母、白白、姨母、浮土、那人、母和妹妹，仍能隱約看見他們的臉和身體，但跟他們的共同感卻被切斷，那空間只有通過進食物件才能到達，咀嚼使事物之中折磨人的部分被消化。要不是母站在門口目睹我進食的經過，我吞下了那顆無法鑑定真偽的珍珠後必會吃下更多。當我看見母那張異常鎮靜的臉，只是感到腹部脹脹的，彷彿所有吃下去的物件都還原了它們各自的形狀。

母說，她從不感到驚訝，就像知悉所有即將要發生的事情，她從不感到多餘的驚訝。

有許多年，我都以為，再次回到姨母在鄉郊的小屋子，是因為那個四時二十分的約定，或逃避已經迫在眉睫的電鑽。直至肥胖的因子在我的身體內長出了許多不會凋謝的花朵，白天的時候，我除了冥想無事可作，才明白是因為那些哀傷的拍掌聲，那些拍掌聲一直存在於我身體內的某個角落，像寧靜中的雜音，並不是我聽到過它以後的事情，早在聽到它以前已經知道它，是以那天在前往姨母家的路上，混濁的空氣被節奏沉鬱的拍掌聲充塞著，我便呆立了許久，那掌聲擊出了我內在的聲音，我卻不知道自己在哪裡。

姨母說，她能作的事情已經不多，而鼓掌是她唯一可作的運動。「鼓掌能使病態性肥胖者的脂肪奇蹟似地消失，只要堅持每天不斷地鼓掌。」她從一張包裹果皮的舊報紙上得知這個消息。當她進行鼓掌的練習時，我總是在窗前閉上眼睛，聆聽掌聲的節奏，有時散亂的節拍像某首不流行的曲子，有時沮喪的韻律像在拍打一所荒廢了的房子的門，大部分的時候，那聲音只有在密室內求救的無意義感。

直至姨母的掌心部分變得紅腫，掌聲才會暫時歇止。

鼓掌過後，她的掌心像長滿芒刺般隱隱作痛。姨母說：「但那是正常現象，只要堅持每天定時拍掌，就會如舊報紙上的那女人，回復了少女時期的體態。」在短暫的休息時間內，姨母都會告訴我關於那輛黑色房車的事。雖然自從她的身體無法擠進一輛車子後，已經把那車子賣掉。她說，但那骨瘦嶙峋的自己把手放在方向盤上駕駛著一輛車的情景是她不懈地鼓掌的動力。根據姨母的說法，她跟那人約定的地點，並不是屋子前的空地，而是黑色房車的後座。「最風光的時期，一個月只要接載一位客人，收入便足以維持一年的生活。」然而，那時候，即使姨母高興起來，臉上再也無法透現多年前的光采。那是已經消失了的東西。情況就像那人沒有在約定的時候出現之後，空蕩蕩的窗子總有無法拭擦的塵埃。可是姨母堅定地說他必會再來，當她的身子恢復了原來的狀態時，他必會在某個停車場等待那輛黑色的房車。

我把袖子拆開再縫合了許多遍，卻始終無法清楚地點算，他沒有出現的次數。漸漸地，我甚至懷疑他是否曾經出現過。以致他再次若無其事地站在屋子外，我無法確定那是不是一種幻覺。只是姨母的掌聲走了調，她壓低聲音對我說：「把他帶走，帶到聽不見我的掌聲的地方。」

我把縫製中的衣服丟在地上，就從窗子爬出屋外，然而他的目光始終落在姨母身上，他說：「她變了。從前，她從不會做任何透露快樂的動作。」我卻無從向他辯解，快樂的意思。

那天的空氣很熱，炙痛了我的鼻腔和肺部，又隨著血液游走到身體各部分，就像一直在一個密封的空間前行，並沒有一扇通往外界的門。他提議到房子南面的山坡頂上，那裡的地勢較高，偶爾會有清涼的風掠過。但是從屋子走到山頂的路上，一點風都沒有，一切都凝固在上午十一時三十九分，要是還有一點微弱的風，就足以把姨母的掌聲吹散，可是沉積的空氣並沒有流動的跡象，滿溢著缺憾感的掌聲游走在我們的耳窩內。

他應當感到滿足。

在山的頂端，他轉過臉來告訴我，已經找到抑止肚腹內的石子長大的方法，首先是忘記約會的正確時間。「你看，我已成功地搞混了約會的時間，」他欣喜得像個遇溺獲救的人。「接下來的事，」他說：「就是如何把這裡想像成另一個地方。」我從不知道，接下來的以後，他有沒有再次走到姨母的屋子前，見過後來不知所終的姨母，或是他先離棄了那地方，還是市區重建的計畫先開始。那時我只是盯著他隆起的腹部，假裝為了他的新生活而感到鼓舞。我滔滔不絕地給他建議各種想像這裡是另一個地方的方法，例如每次想起姨母的家時，都往超級市場購買食物，白天睡覺和乘搭往相反方向的公車，然而所有說話都只是為了填補距離。直至他揚起了手說再見，我才昇起賭博的慾望。我以姨母的方法拍掌，那是我在前一天晚上記下了的節奏，那不是一支曲子、密碼或暗號，只是唯一的發放力量的方法。要是他回頭，他會再來，不回頭，他不再來。這就是，賭博的定律。我第一次把頭轉過去，看見他濃密的頭髮，再回過頭去，只有延綿不絕的草，成窩的蚊子在上空盤旋。每隔一會兒，我便把頭回過去，可是沒法再看見那個有著黑亮頭髮的頭。我一個人站在山崗上拍掌，直至天色完全黑透。

必定是一種錯誤的節奏。我想。

第二天，我給姨母寫了一封信。在那個通訊設備過分發達的時代，信件是實在得奇怪的東西。可是，當郵差把信派給她時，她便會看見窗外陌生的人影，或許能從中猜到，約會已經終結的跡象。而信的內容，其實並不重要。我在那很短的信內提及，或許是一群毫無原因地飛過的蜜蜂，或許是附近正在拆卸或重建的樓宇，無論如何，她屋內的空氣質素已下降至令我的呼吸系統不能抵受的程度。我想起那幅藍色的布幔，沒有完成的衣服和艱難的掌聲，在寫信的過程裡，我不住地思考如何使她相信，我其實並沒有那麼喜歡撒謊。

直至那個有大量蝴蝶冷死的秋天，我才想到不再到姨母的家，並不是為了那個我以為的原因，而是電話的鈴聲，擾亂了我鼓掌的節奏。

「有一隻古怪的昆蟲。」那是母克制的聲音。「什麼昆蟲？」我問。為了我每天都離家外出的問題，我們已有很長的一段日子不再交談，但在那段對話裡，雙方竟然忘記了積怨。「不知道。像一隻蜘蛛，但紅得刺眼。」她用責罵人的口吻說：「快點回來。」

我總是記著母蜷曲著身子蹲在地上的身影，而且那影子過分牢固，以致那天的事情不是常常都能順利地出現在我的腦裡。我能想起來的只是，找遍了廚房和屋角蚊蟲為患的孔洞，也沒有發現任何昆蟲。其實母並沒有我想像中那麼在意昆蟲，她只是把蹲在地上的姿勢維持了太久，而眼睛緊緊地盯著妹妹的額頭，那額頭凸起的部分有一個紅色的洞，液體已逐漸凝固，顏色有點暗，而且不像昆蟲，只是呈不規則的放射狀。其實我也沒有仔細辨認那顏色，只是一直感到那是紅。她的頭部附近是牆壁被鑽破的洞穴，然而洞穴外卻沒有任何把褲管捲起來的腳。我的眼光胡亂投放，那破了幾個洞的窗簾、妹妹躺著的孩子床，和她袒露在被子外的腳。最後我才想到，令人厭煩的是血漸漸變成塊狀的事實。「要趕快。」我說。母就像午睡時被驚醒那樣抽搐了一下，接下來的動作，只是要到街市買菜的前奏，但那速度令人不安。她在屋內來回繞了兩個圈子，終於找到錢包後對我說：「快把她放進冰箱內，我要去找那個把她的頭顱鑽破的工人。」

然而母紊亂的腳步聲消失後，我依然蹲在妹妹的床附近，就像沉浸在不斷的空想，或帶甜的睡眠中，我便明白母把自己的身子拔起來的難。妹妹的腳甲已在我們不察覺的時候轉成暗暗的灰，她的臉呈現昏睡中的木無表情，就像逃避我們的責罵或不願上學時那樣，要是她額角那些鮮紅的血不是沒完沒了地流出來，像某種深刻的記認污染了床鋪，我們必會任由她一直睡去，直至另一天的開始。

我忘了把她抱起來時，她的身子是不是已經比冰箱的空氣更冷，我甚至不曾懷疑母的決定，畢竟她有豐富的處理鮮肉的經驗。而且，直至我揹起了妹妹，由房間走進廚房，才驚訝地發現，她的身子輕得像一個空箱子，重量仍然停留在多年前，那時候，她央我給她捆上一根麻繩，待風起時，把她放到天空去。她說，要感受一只風箏的感受。我問她為什麼不是一隻鳥，她只是偏執地說，是風箏。

我們創造了這個遊戲，是從母敘述的外祖母飢荒時代而得到啟發。妹妹的身體又不合比例的瘦小，圓鼓鼓的頭顱以下，竹枝似的四肢支持撐著身體。每次我們輪流複述那年代所發生的事，妹妹總會沾沾自喜地說：「到了現在，只有我，才可以飄到那最高的地方。」在那個遊戲中，我始終占著負方的位置，因為妹妹的身體，始終找不到一點家族遺傳的肥胖。雖然，在大部分的情況下，她根本無法被風吹起。即使我們特意在天文台掛起強烈季候風或暴風訊號的時候，走到屋外的空地去，用繩子纏著妹妹的身體，妹妹也穿上白色的薄紗，像蝙蝠那樣張開雙手，而我則跑到最遠的地方拉緊繩子，但往往等了一個寒冷的下午，我們都被刮得鼻子和臉部疼痛，而妹妹不斷被吹倒在地上，但沒有什麼能向上升起。

妹妹的個子很小，只要把她的雙腿屈曲，便可放進冰箱裡，像坐進一輛計程車。關上冰箱的門，雪藏的食物撒滿在冰箱前的地上。我以蹲在妹妹的床附近的姿勢蹲在冰箱前，再沒有別的姿勢能容納我。以後的日子，我才想起灰白的冰箱像墳墓。後來，風刮起了，我便跑到靈堂去，蹲在那裡，閉上眼睛想著那冰箱的款式，雖然它已被丟掉，就在妹妹離開了我們的屋子之後，而且我們的錢從來不足夠讓妹妹擁有屬於自己的墓碑。

蹲著的時候，我勉強忍著不呼吸，只是為了按捺著打開冰箱的門的衝動。母曾一再告誡我們，時常打開冰箱的門，會加速食物腐壞的過程，而這一次我只希望妹妹不會腐壞，冰箱內的冷空氣能使她醒轉，我一再感到母每次出門前都叮囑我要看守妹妹那種可怕的煩厭。我慢慢覺著那擔憂可能是冰箱的空間太小，而妹妹並非從沒有飛翔的能耐，只是她對所有遊戲都太快感到厭倦。

那是妹妹踏入青春期的前一天，那天以後，她對各種方式的玩耍都提不起興趣，也有可能事情從不是這樣，只是我不再理解她。

我記得那天颱風的風眼來到之前，我們已準備了麻繩，當垃圾箱和巴士站的號碼牌都被吹翻並在街的中央打轉，我們打開了門奔跑到外面置身在奇異的環境中。一切的事物在颱風下都展現了平日沉睡的一面，我、妹妹和麻繩也不例外。我們站在每天等待風的位置，相距很遠只靠麻繩聯繫。風與平常的不同，像一隊步操兵從遠處急步跑近，經過地底，再跑到遠遠的地方。那時候整個世界都擠滿了這樣的步操兵隊伍。我們都習慣了無法飛升的失望，因此能享受那種新奇力量的衝擊。我甚至不知道事情是怎樣開始，只是繩子快要從我的手中鬆脫時抓緊它，令我驚訝的是它並非垂到地面上，而是斜斜地向上爬升，而目光沿著繩子便可到達妹妹身上——她的嘴巴無法自制地張開，四肢也攤了開來，卻沒有蝙蝠的勁度。她整個人終於離開了地面，卻像個紙糊的人東斜西歪，跟空中盤旋的塑料袋沒有分別。我其實並不善於控制風箏，抓緊繩子只是某種自然反應，雖然她被繫在繩子的另一端，看起來就像是我跟她在角力，遏止她丟失在空中，然而更準確一點地說，我只是不願意丟失繩子罷了，似乎我只要把繩子收起來，眼前的一切就會完結，我能跟妹妹回到屋內，肩並肩擠在廚房那狹小的窗前，欣賞失去秩序的街道。

可是自從她的雙腳離開了地面，事情便無法收拾。不規則的風把她捲到離房子很遠的地方，我無法聽到她的呼喊，只是隱約看見她的手腳在空中亂抓，那刻我才發現，她比我們所想的輕盈，而我比自己所想的更無力。我無法控制她飄走的方向，為了讓她不致脫離繩子，只能向著她奔跑。她靠著自己的力量拉著樹的枝幹停定下來，卻沒法在確保不會摔死的情況下回到地面。「原來繩子毫無用處。」事後，妹妹只說了這一句話。可是那天我除了牢牢捏著繩子便別無選擇，直至母從屋子走出來，看到遠處小得不能辨認的妹妹。

我從不知道，妹妹是否暗暗地渴望，我會放開那根麻繩，讓她隨著風飄到意想不到的地方。

消防員把她從樹上解下來後，她便非常沉默，必定是半空中的氣壓改變了她。母公正無私地給我們每人一個耳光，然後她讓我選擇，給關在房間內一個星期，還是在處於風眼中的室外站立八小時，我毫不猶豫地選擇了後者。

當我獨自站立的時候，絕望感並非因懲罰而生，而是在那八小時中，疾勁的風始終無法把我帶到任何地方，除了屋子前方那片凌亂的空地。

母回來時，站在我身後，沒有帶來把妹妹的頭顱鑽破的工人。一如我們所料，街上隨處可見拿著電鑽的正在進行工程的工人，然而沒有一個願意承擔在鑽破牆壁時，錯誤地鑽破了別人頭顱的責任。對我來說，其實有沒有這一個人並不重要，畢竟他們不一定懂得修補牆壁。我只是焦慮地等待母回家，她會打開那冰箱的門，像以往的許多年，妥善地處理各種生熟食物那樣，把鮮活的妹妹再次從那裡拖出來。

雖然早在冰箱的門被打開之前，我已經在設想各種可能的景象，甚至在母上街去找那工人時，我想到，或許我們早知道會發生這樣的事情。不過，當母確實把僵硬的妹妹從冰箱拖出來，她腳甲上暗暗的灰，已蔓延至雙手和臉面，唇呈深紫色，皮膚冰冷而失去彈性，我們的嘴巴還是發不出任何聲音。我緊緊地抱著自己的膝蓋，那時刻，除了靜默，沒有任何東西能容納我。

我和母決意逗留在殘缺不全的房子裡，但原因並不相同。母對於維修工人的恨意，已超過了她身體的容量。可是維修工人的數目比塵埃還要多。他們有時就在我們屋子的窗前經過，氣定神閒地抽一根菸或快樂地說著粗話。母從清晨開始站在窗子附近，手中總是握著一柄水果刀或鎚子，預備襲擊他們的頭部，但一天結束的時候，數不清的維修工人經過，物件仍停留在她手裡，平靜的空氣使我無法呼吸。我再也沒有出走，只是因為失去力氣從跟母的爭論中脫開身子。事情過了太久，我才發現，把妹妹放進冰箱內，或許是令事情無法挽回的源頭。每天清晨，當我看見母的背影，便不由自主地說著同一句話：「要是沒有把妹妹放進冰箱內，她的身體或許仍有暖和起來的可能。而不是像那些雪藏過久的食物，以另一種方式變壞。」母總是堅定地說，早在把她放進冰箱之前，她的身體已開始變冷，而冰箱卻能使變異的速度減慢。母說：「起碼，冰箱把她身體的原狀短暫地保存下來。」

「而且，」母又說：「要是救護員來了，我們便再也沒法，觸碰她的身體，她再也不屬於這裡。」我卻沒法知道這說法的真偽，我們之中誰都沒有記錄妹妹的體溫何時轉變，正如沒有誰想到要探測她是否有呼吸。那時候，母會詭譎地迴避問題，她會說，這孩子從小就輕得像一片飛揚的旗幟，那語氣就像在懷念某個已經離家出走的人。的確，妹妹在幼年期經常沉溺於一種關於欄杆的遊戲，她喜歡用雙手支著欄杆，然後整個身子凌空而起，如果那時剛巧有風吹過，她便會高興得咯咯地笑。我們誤以為她鍾愛體操，很久之後，我才想到那是起飛的姿勢，但我明白的時候，她已厭倦了所有關於飛翔的活動。

有時候，母會說，幸好她沒長大，不然她必是個，坐在房車內的婊子。當她這樣說的時候，臉和眼睛便會歡慰起來。我不會反駁她，因為那是她難得的愉快時刻，令人輕易地以為，我們其實沒有痛苦的必要。

或許我們只是無法忘記她的身體，那些突出的胸骨曾經隨著呼吸起伏不定，後來卻隨著時間過去而漸漸腐壞。母永遠不會想到，每次她離開這所房子，妹妹便會脫去所有衣服。起初她說是天氣熱得令人煩惱的緣故，但氣溫下降之後，她仍然保持著這個習慣。她喜歡光著身子站在窗前乘涼，靜靜地把一個新鮮的蘋果吃掉，或什麼也不幹，只是純粹地呆著。她的高度剛好能把乾瘦的乳房擱在窗台上。偶然，我會聽見屋外有人大喊：「你看，那人沒穿衣服。」但他們只是反覆地說著類似的話。不久後，有些人走到窗前，嘗試撫摸她的身體，要是那天妹妹的心情壞透，便會張開口咬他們的手，或許他們以為這是妹妹飢餓的表現。以後，他們便帶來各種零食，作為交換的條件。

陰霾密布的春天，妹妹培養了新的習慣，當母出門探望外祖母之後，她便脫掉無用的衣服，騎在窗台上，俯下身子，抱著冷硬的磁磚，展開漫長的午睡。「像騎著一匹冰涼而堅硬的馬。」妹妹必定是這樣想。風吹過的時候，她掛在窗前的那條蒼白的腿便會輕輕地搖晃。有一個人總是在妹妹入睡時走近我們的屋子，把手探進妹妹的身體和窗台之間。

外祖母離世後，母逗留在家的時間比永不過去的冬天更漫長，妹妹每天穿著相同的棉襖弓著身子把紙張撕碎。窗外的探訪者不請自來，都凝神觀看屋子好一會兒，才能從中找出妹妹。那時，他們失望的眼神就像面對冰雪融化的北極熊。我注視了他們的眼睛很久，才發現他們只是厭倦了過多款式相近的衣服，或，穿衣的動作，才會對發育時期的妹妹不斷變化的身體產生濃厚興趣。

我以為那些熱情的探訪者再次經過窗前而找不到妹妹的身體時，我會無地自容得躲進洗手間內，但事實上，當他們的身影在馬路旁的公車站出現，我便急不及待地向他們招手，他們無神的眼睛還沒有掃視過屋子的每個角落，說話已躍出了我的嘴巴。「微暖的早上，維修工人在人們還沒有睡醒的時刻開始工作，他們要鑽破房子和房子之間的一堵牆以改變整幢大廈的結構，而拿起電鑽之前，他們甚至沒有，嘗試敲打那脆弱的牆，警告靠近牆壁的人。妹妹的頭顱就在那時候被鑽破，牆壁碎裂之後，她的頭骨也沒法保持原狀。」

那些探訪者似乎都無法面對突如其來的說話，有的人只是禮貌地點了點頭就轉身離去；有的張開了嘴巴，喉頭發出了不可辨認的聲音；有的保持著原來的表情，就像無從理解我的話；有的不斷地探看我們的屋子和屋子四周的環境；有的人像被騙之後那樣冷笑起來。那個常常把手探進妹妹的身體和窗台之間的人最後來到，我再次把話吐出，但他的眼神只是稍稍在空氣中停留了一會兒，便轉過身子走開，步伐保持著原來的平穩。

那令我一度非常懷疑，其實妹妹從來不曾活著。

所有探訪妹妹的人都出現過又離去之後，窗外已沒有令我感興趣的事物。而且，母把旅行用的帆布袋揹在身上，在那窗外經過之後，就再也沒有回來。她沒有再跟我說任何話，自從我們的爭論無疾而終之後，她便耗盡了說話的力量。終於，我可以獨自占有那房子，那是我自出生開始便懷著的願望。

然而，我把視線的焦點放在那扇許久沒有打開的大門上，除了放著妹妹照片的靈堂之外，始終想不到可以去的地方，在沒有選擇的情況下，常常，我都在看著一堵牆。

牆壁並非固定而缺乏變化，被鑽破的洞穴不斷擴大，直至成了一個人形的高度，工人才把不平滑的部分磨復，髹上油漆，那再也不是牆壁或洞穴，而是無意義的出入口，外面是光線不足的甬道。那本來是妹妹房間的一堵牆。我只要一直凝視那通道，便可維持止息的姿勢，在還沒有想到另一天要如何度過之前。

「從你家牆壁的通道可前往博物館，那裡放滿了林林總總的身體，數量多得使人眩暈。我家的牆壁可前往超級市場，有的單位的通道接駁地鐵站、遊樂場、購物中心、便利店、停車場……」窗外那個自稱是我鄰居的人，看著我，似笑非笑地說。我仔細端詳那人的面貌，卻發現他是那幢大廈的管理員。令人憤怒的並不是他向我揭示了那通道的目的地，而是他充滿慾望的黑眼珠，檢視過妹妹房間內的物件後，停留在染了妹妹血跡的床鋪上。我還沒有足夠勇氣把鞋子扔向他的臉，他便吹起了不成調子的口哨，提著兩個超級市場的塑料袋走遠。

那搖擺不定的姿態，使我想起母最後一次在窗前經過時，背上馱著旅行袋，像迷途的叫賣者緩緩走遠，但我想念的並不是她，而是一個不知道是否存在的地方。那時，母為了使我不再談及外祖母，她以撒謊者那種煞有介事的自然姿態說出：

「那天，你就能跟她見面。」

「你說的是哪一天？」我問。

「她的軀體失去生命跡象那天，便會被送到離我們家最近的博物館去。聽說，病態肥胖的人離世後，身體在腐爛之前都會比棉絮更柔軟，那觸感會使人無法自拔。那時候，在博物館微暗的房間裡，任何人都可以伸手在她的皮膚上按下去，或嘗試從她的小腿開始爬行，遍及她身上的各部分。實在，每一個病態肥胖的人最後都會到達那裡。」

「但博物館在哪裡？」

「就在離這裡不遠的地方。」母說。

沒有人從那甬道走出來，也沒有人要通過那甬道進入任何地方。長久地注視一條死寂的甬道，使我時常感到眼皮的沉重，已超越了我能負荷的極限。過多的關於博物館的夢，在眼睛閉上之後湧出。夢總是以互相矛盾又重疊的姿態出現。在那裡，外祖母的嘴巴張開，發出妹妹的聲音，她躺在游泳池內洗澡，對我說：除了這裡，再也沒有，可以容下我的地方。而她的模樣和體態，卻是某個我不認識的人。姨母在另一個房間更換衣服，但她卻有著白白的面貌，她只是要我一直盯著她，目光不要離開她，直至她把衣櫥內所有的衣服都穿上再脫下來。她說：這是個陌生的環境，沒有熟悉的目光，我也就沒法，把身體曝露在這種空氣之中。我終於在廚房的門後找到母，她正在跟一個胖胖的男人在擁抱。她指示我走到最遠的浴室，從眾多過胖的身體中挑選一個，躺在上面，便能漸漸地適應發胖的狀態。「你先去吧。」那個胖男人從後抱著她的腰肢時，她掙扎著說：「我待會再來。」

在那潮濕的浴室，青灰的黴菌爬滿牆的角落，那裡只有一副肥大而發脹的身體橫放在地上，我只好躺在上面，就像躺進黑色的死海裡，能產生飄浮的幻覺。天花板是一面骯髒的鏡子，那裡反映出浮土的臉。

那甬道建成之後，夢和現實就失去了分明的界線，但我清晰地知道，那並不是使我發胖的原因。

當身體內某種不知名的能量衝擊著我的皮膚和骨骼，我慢慢地確認了正在步向家族中那些女人的事實。我感到驚訝的是，那感覺並不沮喪，只是有點疲累而令人昏昏欲睡。

我坐在以方形木板鋪砌而成的地面上，用方格的大小，計算體內那些能量增生的速度。

當我坐在那裡，對那甬道便產生了新的想法——經過博物館內琳瑯滿目的身體，最終或許會找到通向埋葬妹妹那靈堂的捷徑。我只是想走到那裡，把雙手放在其中一道欄杆上，趁著颶風經過時，使身體順著風的方向飄到空中，在我還沒有胖得充滿整個世界之前。

林木椅子

「這世上再也沒有什麼，會比林木的肚腹更柔軟，更容易令人對睡眠著魔。」I遺憾地對林木的母親林園說。那個因年邁而事事沉著面對的母親剛剛告訴I，林木已正式成為了一張椅子，隨著一批大量生產的高級家具，傾銷到海外國家。

「還有什麼事呢？」老母親開始不耐煩。I喃喃地說：「我想買下他……」但老母親已經關上了門。

I不會忘記，那個雨絲向橫傾瀉的午後，他初次把僵硬的頸椎和纏滿死結的頭顱緊緊地靠著林木屈曲而成了小山丘似的雙腿。I感到自己的身子逐漸輕軟而小，像一縷煙那樣上升、懸浮，成了無處不在的微粒。

而林木躺在地上，腹部承托著I，蒼白的天空就在上方，烏雲迅速地移動，他想起了一些從未發生的事和不曾見過的人面，時間總是如此過去。直至坐在他身上的人突然站起來，舒展發麻的手腳。林木張開眼睛，才知道綿密的水串已滿布窗外的世界，四周結聚了牛奶混合泥土的味道。

「疲倦感好像已停止擴散。」I的手按著頸項，把頭顱甩了幾下後說。林木站在辦公桌的後方，他對職業性而不帶多餘感情聲音的掌握已經熟能生巧：「疲倦感正慢慢地集結，但是要完全清除還要花上好一段時間。下星期再來吧。」

那人便搖搖晃晃地離開了林木的店子。

早在I按下門鈴之前，林木已透過沾滿水珠的玻璃窗，看見I在許多橫空而出的招牌下走過，腳步跟簇擁的人潮一般急促而不穩定。他從不知道I的名字，正如I按下那單位的門鈴前，也不知道那店子的名字，一切只是源於一塊搖搖欲墜的招牌上那墨綠色的單座沙發，靠背以七十五度傾斜，那圖案使I的眼皮如釋重負，突然想沉沉地睡上一覺。可是空蕩蕩的單位只有一張桌子，和一個面目如潮濕槁木的男人，他對I說：「你無法入睡，是因為精神長期處於亢奮狀態。」I卻不以為然：「但我沒有一點興奮的感覺。」他以空洞的眼神注視屋內：「為什麼這裡沒有一張舒適的椅子？」林木禮貌地笑了：「我就是椅子，如果你希望的話，我可以是任何椅子。」然而疲憊感使I看來垂頭喪氣：「我只想坐在一棵樹下。」林木以專業的口吻安慰I：「有的椅子結實如樹幹。」I的視線便隨著林木纖長的手指溜向一個光潔亮白的價目表。

I瘦薄得像塑料袋的身子在密雜的車輛之間穿插，在參差不齊的招牌下閃躲，飛快而敏捷，卻沒有碰傷頭顱，使林木相信他會漸漸對椅子不能自拔，就像F、H、K

和Z那樣。因此，當他打開大門，看見I站在門外，嗅到他口中呼出瘖啞和昏沉的氣息，林木並不感到陌生，在他洞悉自己是一張椅子前，一段漫長的日子裡，每天他醒來後總是發現口腔異常苦澀。

從舌根一直蔓延至味蕾和牙齒的酸苦，就像是對未來饒富意義的暗示。只是林木一旦陷入思索的狀態，母親的目光便會從屋子的暗角朝他打量。他的背部經常承受這種目光，使他從小就感到，這目光一直不動聲色地催趕他。午飯的時候，林木忍不住向林園提出疑問：「是烹調的方式改變了？還是更換了另一個牌子的調味粉？這陣子，無論吃下去的是什麼，我只是嚐到果核、泥巴和菸灰的味道。」林園的眼光從沒離開電視屏幕，那裡正在播映烹飪節目《二時半的牛扒》。她的聲線低沉而溫柔：「你弄錯了。那不是食物的味道，那是沒有工作的人因無聊而引起的口腔分泌物。」林木便保持緘默，一點一點地把菜吃光。

那年夏天，林木置身在一個沒有終點的暑假裡，自此，假期便翻出了另一層意義。此前，他認為假期是一條清涼的管道，人們通過那裡，再走出來，就會到達一個從未踏足的地方。然而最後的暑假並不一樣，置身其中的林木知道，管道的另一端是一個漆黑的密室，那密室比他認識的世界還要大，他將會一直待在那裡。那段日子，他甚至不用調校鬧鐘，便能在特定的時間醒來，坐在屋子中央的飯桌前，翻閱一份由職位空缺拼湊而成的報章，直至指頭被灰黑的油墨沾滿。他必須那樣做，不然，母親的目光便會再次爬到他的背上。

只有在午間劇場播映完畢，林園陷入睡眠的片刻，林木才可以把頭和手伸到窗外，放肆地感受陽光的兇猛。暑假開始後的第二百三十天，空氣污染指數、紫外線指數和失業率都達到了那年的最高點，但林木並不認為是偶然或巧合，他對哥哥林發說：「紫外線和空氣污染只會對沒有工作而在街上遊蕩的人產生影響。」但林發對於天氣的變化卻沒有任何深刻的感受。自從城市的角落藏滿丟失了工作的人，林發的收入便趨向穩定，睡眠以外的時間，他都穿上深藍色或深灰色的西裝，站在一個有空氣調節的房間裡，向著大批眼神空虛的人，講授關於找到希望，便能抓緊工作的道理。根據林發的說法，即使這裡的工廠和投資者像流過的水那樣一去不返，可以建起高樓大廈的空地愈來愈少，人們也沒有煩惱的必要，只要他們能培養出一種像幻覺那樣令人鼓舞的希望，便會發現，已經失去了或從不曾出現的東西其實一直在他們身旁。

無疑，那房間對林木來說，是非常寒冷的地方，當他坐在一群沒精打采的人之間，他驚訝地發現，每個人的臉容和神態異常相像。他看見林發站在遙遠的講台上，就像多月前的一個黃昏，他遠遠地看見林發，站在交通擠塞的馬路之旁，以沙啞的聲音重複地呼喊「流動電話月費計畫」的優惠和價錢，然而他的聲音總是被四周鋪天蓋地的雜音壓倒，而顯得非常微弱。可是在那個不斷輸出冷風的房間內，林發的聲音卻發揮著收集渙散心志的作用：「推銷員找不到生意不是因為他們的游說技巧，議員得不到選民支持不是因為政治智慧，醫護人員錯誤地分配藥物不是因為對藥物認識太少。」林發停頓的時刻，使林木覺得他是習慣在黑暗中工作的催眠師。

「只是，所有人都在扮演著另一個人，沒有人知道自己是什麼。」林發像在訓練一批精良的馬匹般發出命令：「不要再想另一個人的事，告訴我，你們是什麼？」林木原以為那裡坐著的都是一堆冬眠的蛇，可是忽然有人站起來說：我是個魔術師。乾燥的冷空氣使林木不斷咳嗽。隨之而來是乏力的叫喊此起彼落。我是個精算師。我是按摩女郎。我是個投機主義者。我是個騙子。我是爸爸。我是苦力。我是個女的。我是小孩。我是廉價勞工。我是妓女。林木開始感到昏昏欲睡。實在，他並不知道，林發真正要告訴他的是什麼。林發只是要他們緊記，有時候，一切都是幻覺。

失業率的上升速度微微放緩的時候，林木再次想起兩個不同的林發。

當苦澀的分泌物黏附在他的口腔，成了他身體的一部分，林木以為自己會遺忘苦的存在。然而某天早上，他自夢中醒轉，日益加劇的腥苦味道像厚繭覆蓋了他的舌頭，他在洗手盤上洶湧地嘔吐後，噁心感仍然像巨浪衝擊著他，直至他以一把椅子的姿態坐在地上，一切才慢慢地緩和下來。「我是一件死物。」他這樣自我安慰，屏息享受作為椅子的樂趣，雖然，那時候並沒有另一個身體坐在他身上。

他給情人撥了一通電話，告訴她，已經想到如何斷絕二人之間的關係。「相信我，那不會有任何痛苦。」他以想念對方時的溫柔語調說。

她是第一個使林木確認自己是一把椅子的人。那段日子，他們無法到任何地方，包括咖啡店、餐館、戲院或超級市場，因為他們口袋裡的零錢，甚至不足以支付交通工具的費用。雖然，假期已延續了一百天，但他們仍然找不到一份可換取金錢的工作。正午時分，當人們走在熱氣蒸騰的街道上，都看不到自己的影子，林木便會步行一小時，走到她的家裡。他們無法忍受有任何一天看不見對方，雖然他們沒有擁抱的習慣，甚至不是時常會昇起交談的慾望，然而一旦看見對方，她便無法壓抑坐在他身上的衝動。因而，林木培養了新的興趣，每次前往她的居所途中，他總是先在附近的大型家具店閒蕩，駐足久久地凝視一堆姿態各異的椅子，每夜在臨睡前的一小時進行模仿椅子的練習。林木當時對自己說，關於椅子的練習，只是為了促進血液循環。

然而無數下午的自由時光，林木直著腰板坐在椅子上，閉上眼睛，幻想自己跟椅子已融為一體，他的手臂充當椅子的扶手，小腿和腳掌成了她的腳踏，而他身上的肌肉使她想起柔軟的墊子。她不止一次低聲地嘆息，從沒有一張椅子像他那樣舒適而溫暖。那時候林木對於自己是什麼東西毫無興趣，只是他自出生開始，便理所當然地被培育成人，當她指出他是一張出色的椅子時，他沒來由地感到一種違反本性的喜悅。

林木始終認為，她是他和椅子之間的導體，要不是那一段日子，她樂此不疲地撲向他的身體，他就不會得到實踐成為椅子的機會。他從沒想過那階段會以哪一種方式結束——不是因為他眷戀那時期的一切，而是他想起椅子面對變化時的泰然自若，只要他的身上坐著另一個人，就必須遵從椅子的規律。

有時候，她把身子埋進他的身體，他溫柔地支撐著，使她可以坐在他的身上做任何喜歡的事，吃零食、看電視、檢查電郵、冥想、午睡或自言自語。可是當她沉默下來，便會感到自己身處在陰涼的地下世界，卸下了所有重量和身子帶給她的苦惱，沒有破綻的圓滿感使她不能輕易地說出一個字。這種狀態對她來說並不陌生，她知道這是一段關係走向盡頭的徵兆。

（她的電話響起，急促的聲音從遙遠的地方傳來，叫她到一所出入口貿易公司上班去。她說，好的。）

電視新聞報導員宣讀新一季的失業數字持續下降後，林木便感到潮水都退去了，而他是被沖到岸上的海龜，失去了躲避的地方。

他再也不用步行到她的家裡，因為自某天開始，下午時分，她的家裡已沒有任何人。然而，只要她完成了那天的工作，不管深夜或凌晨，都會乘坐計程車到他家裡，不為什麼，只是要在他身上坐上一會。林木總是以一張忠心椅子的姿態迎接她。而她一天比一天多話，使他認為每個長時間地投入生產工序的人，都會變得異常聒噪。

她鉅細靡遺地數算厭倦了林木的原因。他的氣味、眼睛、髮型、說話的速度，甚至待在他身旁的自己，都使她生厭。可是在同一天，她靠在林木身上說，當她坐在他身上，便會像懸浮在深海中央，重量和壓力一點一點地消散。不過，她在林木的肩頭上睡醒後，卻以尖刻的語氣說出：我實在不想再見你的臉，但想不到離棄你的方法。為什麼你不願意告訴我如何可以離棄你？她扭過頭去看林木的臉，而林木想起椅子冷靜的反應。

一星期後，她把頭埋在林木的頸項說，要是那天沒法在他身上坐下來，便沒有勇氣看鏡子中反映的自己的臉，即使在街上排隊購買食物也會感到害怕。「我必得在你的大腿上再坐上一會，才有足夠的勇氣上班去。」但她並沒有告訴林木，出入口貿易公司裡的人，常常在下午四時半，以她的耳朵、嘴唇、腰肢和小腿為材料，展開各種充滿想像力的話題。有些人以猥瑣的目光觀賞她，但更多人以不屑的目光瞄向她，那是下午茶以外為數不多的娛樂之一。

她放下巴士的車資，要林木在另一天的中午，到她辦公室附近的餐廳去。

林木坐在快餐店堅硬的塑膠椅上，以一種全新的角度凝視她的高跟鞋，因此不肯定那究竟是不是她。許多捧著食物的人在店內徘徊，都對他們坐著的椅子和桌子虎視眈眈。她不得不把話趕快說出來：「我想不到任何有效的方法，可以決絕地離開你。」她低下頭，以幾乎聽不見的聲音說：「唯一的希望是你突然死去，或永遠失蹤，我的煩惱才能解決。」

林木懷疑，他坐著的橙色塑膠椅子已經聽到她的話。

林木認為那是嘔吐產生的作用。他知道身體內某些東西已經自行脫落，但沒有任何感覺，只是把電話筒貼近耳朵說：「那不會有痛苦。你仍然可以每天坐在我的身體上，要求我作出任何的姿勢，這一點不會有任何改變。只是，從今天開始，你必須提前預約，如果你需要椅子的服務，收費以每小時計算。」林木聽不到她的回答，便把提前預約的決定再說一遍。很久以前，他就發現，當她感到瘋狂的喜悅，或極端的痛苦時，都以靜默的方式回應。令他始料不及的是，她的聲音突然變得像微弱的風：「那麼，一小時要多少錢？」他說出了一個她能負擔的價錢，再告訴她，她的編號是G。後來，他便以英文字母作為不同顧客的記號，而最初的時候，只是為了要忘掉她的名字。

在一個陽光無處不在的上午，林園看見林木披上那件淺灰色的西裝，提著黑色的袋子出門。她不敢相信自己的眼睛。她曾經長久地盼望這一天的來臨，可是時間以非常緩慢的速度過去，仍然沒有出現她想像中的一幕，以致她曾經懷疑所見的不過是海市蜃樓。她同時看見自己，以理所當然的淡漠神情目送林木出門。林園所理解的她是個別無所求的母親，她只是希望林木會跟林發一樣，在每天的早上，穿著冷色系的西裝外出。她仔細地觀察過自己便似乎洞悉一切，於是她作了一個決定——必須依照《一時半的牛扒》示範的菜式，準備一頓豐盛的午餐。

早在那一天之前，林木多次看見那套淺灰色的西裝，那是林發的衣服，可是身體日漸變胖之後，林發再也穿不下它。無論林木躺在床上、在洗手間沐浴、在客廳看電視、甚至吃飯的時候，淺灰色的西裝總是掛在他的不遠處，他認為那不是無心插柳的偶然，而是母親最明目張膽的暗示。他知道這一天終會來臨。

令林木始料不及的是，許多陌生的人因為一段分類廣告而致電給他。那段名為「給疲累的人」的小廣告，只是在報章的角落刊登了三天：「你需要坐下來。具備椅子功能的身體，歡迎外借，費用另議。」

在第一天，有人打電話給他：「你憑什麼說自己是一張椅子？」林木看著剛剛繪成的招牌說：「可以供人坐著的，就是椅子。」另一個遲疑的女人問他：「但你跟別的椅子有什麼不同？」他模仿在別處聽過的專業語調說出：「你要告訴我，你想要的是怎樣的椅子。你將會發現，只有溫暖的皮膚和柔軟的肌肉能使你真正放鬆下來，而且你會找到最舒適的姿態安放身子。」雖然大部分的顧客，都偏愛皮革、麻布、鐵或塑膠的質感，可是仍然有為數不少的人致電林木，以致他並不肯定他們要找的是一個人還是一張椅子。他只有把顧客以英文字母排列，記下他們的喜好和特別需要。

那天開始，他每天都穿上不合身的西裝，到健身房鍛鍊結實的肌肉以習慣長時間承受重量，或搜集合適布料和工具，然後回到那幢陳舊的大廈裡某個租借而來的單位，翻看關於椅子的百科全書，試圖把自己的骨骼和肌肉調校至不同椅子的狀態。

G總是在深夜走進林木的店子，不發一言地顯示潛在的轉變。林木會穿上預先被指定的塑料衣服，坐在一張有靠背的椅子上，再讓她坐在他的大腿上。他會按照她的指示，雙臂環繞她的腰間，額頭抵著她後頸，靜靜地等待一小時過去。

林木再也想不起G的名字的一天，就知道了自己將會變成一張椅子的事實，會在什麼情況下發生。

「我的腰已痛了一年，這些日子，我沒法好好地坐在任何椅子上。」林木第一次聽到L纏滿懊惱的聲音，是在電話之中，他以職業性的直覺說出：「沒有一張椅子會像我的身體。」但L說：「我已看過太多的椅子。」

當林木看到L提及的那些木然的椅子，疏密有致地排列在廳子中央，它們在各自的空間裡，沒有擠迫的煩惱，也不用等待任何事情發生，他不能肯定自己為什麼會站在它們之間。

「你就在它們之間找一個位置坐下來，跟它們共處吧。」L把林木租借到她的屋子的那個清晨，室外的熱力使林木感到自己正在融化。L從沒有說明把他租借的原因，只是一再強調，她一直依賴著一張還沒找到的椅子。「我需要一張時常待在身旁的椅子。廣告上不是說『歡迎外借』嗎？」L軟弱的聲音帶著威脅的意味。「所有關於椅子的交易，都得在本店進行。」林木想到被外借後各種可怕的危險。然而L答應給他付上雙倍的價錢後，他再也沒有抵抗的餘地。

那天清晨，林木看著L纖幼的足踝慢慢走遠。她要到另一個地方工作，大門被關上，室內的空間和椅子的影便變得廣闊而長。他坐在一張桃木椅子附近，注視著木的紋理，那裡有許多漩渦，然而無助他深入椅子的內部。

前方是一張被粗麻繩子編織而成的椅子，不遠處是尼龍椅子，後方有一張皮面的旋轉椅子，最遠處的座椅由不同罐頭拼湊而成，還有帆布椅子、吹氣沙發、木板凳、貴妃椅、藤椅、一段充當椅子的木頭放在大門附近，塑膠椅子在他的左方。只有林木是一把由皮膚和血肉製成的椅子。

那房子空無一人。林木再也沒有勉強地維持任何一種姿勢。他解開衣服的鈕釦，像一棵枯萎的植物，任意躺在地上。他發現，椅子和地板同樣一塵不染，而眾多椅子的腳並沒有妨礙他的視線，他的目光穿過不同的椅子底部，溜過磚塊的倒影，看見窗外有許多鳥在飛翔。時間彷彿凝固在那一點。他感到，以往的許多年，他吃飯、睡覺、掙扎著醒來，接受無可避免的難題，費了很大的勁，只是為了那個時間的定點——出於自然地躺下來。他暗暗地祈求會有另一個人坐在他身上，那便能紓緩他的罪疚感，可是房子裡全是不動聲色的椅子。他首次沒有通過模仿椅子，而達到成為椅子的目的。

但雲層的顏色逐漸變深，那一刻比林木想像中更快地過去，他不得不重新站起來，陪伴L吃晚飯。只有這樣，他才能在那個月的最後一天，得到那筆為數可觀的金錢。

「這裡已有各式的椅子，你還需要怎樣的椅子？」林木面前的桌子上放了牛扒和開水，但他看著L瘦小的臉，平靜地掩飾沒法面對陌生人進食的祕密。

L以期待的眼光看著他：「我需要可以給我按摩的椅子。」

對於林木來說，L跟F、J、H和K一樣，都是慣於傾訴各種隱私事情的人。L說，自從去年開始，她就全神貫注地搜集款式奇特的椅子。「就像生命打開了一扇全新的門。」那是她的情人突然失蹤後的事情。她終於可以這樣做，同時樂於被誤解那是治療抑鬱的方法。當別人以同情的眼神看著她，她便感到重新獲得自由的喜悅。人們只是看到一個被遺棄的女人，她便可以偷偷地享受跟椅子親密共處的樂趣。早在結識那情人之前，她經常沉浸在跟椅子一起的甜蜜時光之中。只是為了某種約定俗成的慣例，她一度把搜集得來的椅子都丟掉，因為她的情人喜歡把身子蜷縮在一張巨大的雙人沙發閱讀報紙。

「那人跑掉後不久，我的腰便常常感到疼痛難當。那痛楚不斷提醒著我，我再也不能長時間坐在一張椅子上。」L按著腰部說。

這使林木想起自己的功用，他坐在地上，伸出了兩條大腿的時候，感到自己的機械性已在不知不覺之間提升。他對她說：「坐下來。」她可以清晰地感到他大腿骨頭硬度，皮膚散發的溫熱和心臟的跳動都使她產生坐在一張簇新椅子的興奮。她把頭擱在椅子的胸口，向他說出每一張椅子的名字，他也告訴她，她的編號是L，但她想不到L代表的意思。

對於L來說，只有得到關於椅子的答案，才可以徹底治癒那難解的痛症。她要求他給她提供各種解釋。他便知道L對於椅子的慾望，並不止於觀賞或坐在上面，即使他坦白地告訴她，使人無法適應的是每種身分之間無法彌補的缺口，L仍然要求林木說出，當上一張椅子的原因。

在那裡，所有椅子看來都非常孤獨，它們無法回答她。即使她分析椅子的細部、鋸開椅背或剪破坐墊，也無法找到答案。但只要她願意付款，林木便必須告訴她一切，雖然他仍然保有著撒謊的權利。

「因為我在更早以前，已把生命過壞了。但以椅子的方式過活，那些壞掉的部分再也沒有擴大的傾向。」林木說。

但L更關注的是林木瘦削而柔韌的身體，而且經過肆意的觀察，終於找到他跟其他椅子的共通點。

她拉開他的手和腳，把他的身子盡量攤平，慢慢地坐在上面。她感到自己正在坐著柔軟的墊子，迅速地滑入了立體的夢裡。在夢中，她乘坐一張緩慢飛行的氈子。

L無法從林園的眼神推測到她腦裡的想法。雖然林園目不轉睛地看著她。她們的不遠處是一部聲浪過大的電視機，那裡正在播映午間的烹飪節目。L認為，要不是她坐在林園跟前，林園必會以相同的眼神盯著電視的屏幕。在L的假設裡，林園會對她發出連綿不盡的問題，例如林木變硬成了一張椅子前，對她說過什麼話，有沒有異常的舉動，或他身體的僵化過程等，然而像一塊磐石的林園只是注視著她，使她感到空氣中令人窒息的分子漸漸增加。

L反覆地說著，林木最後的情況。後來，L認為那跟林園的眼神無關，只是室外的陽光白亮得使她頭腦昏沉。

「我只是想找一張柔軟的椅子，治療腰痛。林木的手很巧，皮膚和肌肉也富有彈性，而且，你大概都知道，他一直都想成為一張椅子。我家裡有很多椅子，全都是限量出售的神祕貨品。我想，他跟它們待在一起會較高興。確實，他跟它們共處了幾個星期，他一直說那些椅子很不錯。他說，沒有一刻比坐在它們之間更快樂。」

那個微暗的黃昏，L走進擺放椅子的房間，在許多交錯參差的影子之間走過，仔細檢查每一張椅子及附近四周，都沒有看見林木的身影。直至她伏在地上，才發現他坐在一張長椅子附近，四肢的線條生硬而筆直，像堅固的化石使人安心。林木不願進食的第一天，她認為間歇的斷食是椅子練習的法則。

「但自某天開始，他拒絕說話也不再進食，我知道他能聽見，卻不願張開眼睛。

我以為他只是需要充足的休息，而且，他並沒有忘記作為一張椅子的責任，晚上讓我坐在他的身上，為我按摩痛處，只是不再回答我的問題。」

L沒有告訴林園，在林木拒絕進食的第五天，她坐在他身上，撫著作為椅子扶手的雙臂，那粗糙而冰冷的觸感使她想到經過處理的木塊。最初，她以為林木與生俱來帶著椅子的氣味，然而他皮膚的色澤隨著時間變灰，雙腿和腰腹僵硬得像鐵枝，即使他的頸項和肩膀仍然保持著彈性，但乾裂的皮膚就像人造纖維，她不得不承認，林木的身體產生著微妙的變化。

「當然，他是自願的，臉容非常寧靜安詳。」

L曾經捧著肉湯和稀飯送到林木面前，企圖以食物的味道誘使他張開嘴巴，然而林木始終不為所動，她才知道，這種突然的變化已經不可收拾。她坐在一張由鐵枝組成的椅子上，花了很久的時間，但想不到處理林木的方法。

「最後他什麼都沒說，那暗示了他離開的決心。」

L仍然記得林木的四肢和臉那灰泥似的質感，使她想到死在牆壁上的飛蛾，屍體會漸漸風乾，化為四散的粉末。在時間所餘無幾的情況下，她請求他把身體伸展成一張長椅。他依照她的指示，臉孔朝下俯伏爬在地上，以手腳支撐身體，手肘和肩膀成了完美的直角。她在他身上鋪展一塊花布，再坐上去，那時候，他似乎已經完全融入了椅子的世界。

很久之後，L時常站在一個空置的房間裡，對著林木曾經以椅子的形態蹲踞的地方發呆。在她的假想裡，她第一次看見林木的時候，他已經是一張不折不扣的椅子。她可以把他永遠地藏在椅子的房間裡。但事情再也不會以另一種方式重現。她幾乎能確定。

「當然，他不會滿足於停留在禁閉的房間裡，椅子必須經過買和賣，才能確認身分。所以，我已把他和其他收藏品一起賣掉。現在，他應該在一艘開往另一個國家的船上。」

牆壁上的光點消散後，L留神著林園那雙迷茫的眼睛的變化。終於，林園問她：「那麼，他是一張稱職的椅子嗎？」L肯定地說：「他是我見過最出色的椅子。」那說法使林園滿意地點頭。

她認為L所穿的白色套裝，是某種專業的標誌。L離開後，林園便重複地練習一段對話，關於她的兒子林木，已經成為了從事椅子工作的專業人士。他對於工作不能自拔，但那種專心致志的態度使他得到國外工作的機會。

「或許他永遠不再回來，但有什麼關係呢？那畢竟是他喜歡的工作。」林園想把這些話告訴任何一個人，可是日子不斷過去，並沒有任何人認真地對待她的說話。

門牙

牙醫身前有許多門。他推開一扇門，面前是另一扇門，門後也是一扇門，側旁是一扇門，全都是大小不同的、不規則的門。他走進自己的診所，就像進入一所房子，內裡有門做成的窗子、門做成的書桌、門做成的地板和門做成的衣櫥。

「所有的門都無法開啟。」牙醫向著由他聘請回來的登記護士說：「沒有一扇門能打開。」護士展開了一個和煦的微笑，把他的話記錄在白色的硬皮本子上。他每天都告訴她一點關於門的事情，她漸漸認為自己有點理解那些門。

他長年累月困在一幢商業大廈的單位內，自從商業大廈對面的建築物掛起了一幅大型宣傳海報，海報上印有一個輪廓分明的紅色嘴唇，嘴唇內有一排整齊潔白的牙齒，而颱風過後，那海報像一面旗幟在空中飄揚，蚯蚓一般的字體在空中徘徊，於是，牙齒出現問題的人，便像繁殖迅速的蚊子那樣多，他們帶著睡眠不足的眼袋，神情肅穆地坐在診症室門外等待牙醫，然後魚貫地躺在他面前，把嘴巴張開。

「許多人的牙齒因為各種原因，例如牙齒被蛀壞的情況太嚴重、牙周病或衰老而自然脫落，他們需要另一顆新鮮的牙齒。你大概無法想像，有多少人因為得到牙齒而重獲新生。」牙醫在午間休息的診所內，向一個無法付錢拔牙的女人解釋收購她的牙齒的原因和條件：「所以，把你的牙齒賣給我，我會付你合理的報酬。」那個把自己稱為林白的女人，把猶豫不決的目光射向站在診症室門外的護士臉上，護士便展示了一個溫柔的笑容。幾乎每一個病人都說，護士的笑容使他們感到似曾相識，她更深信，那就是她成功獲聘的原因。

「沒有什麼比這個口腔更令人難過。」牙醫第一次看見林白張大嘴巴的樣子，已確定了這個事實。林白的臉容烙在牙醫的腦裡，是因為她的口腔。過多的牙齒擠在窄小的上顎，使她的嘴巴無法合攏，那是一張因為牙齒不正常生長而微微扭曲的臉容。

牙醫看著她艱難地張大嘴巴，異常光滑雪白的牙齒，擠在腫脹的口腔肌肉上，鋪滿了整個上顎。他似乎能透過牙齒直達神經的終端。他每天都面對著數以十計張大的嘴巴，而只視它們為一堆死物，那口腔卻使他彷彿站在一條管道的中央，闇黑、潮濕、沒有聲音。

自從颱風榴槤吹襲過後，那城市的房屋售價和股票市場交易數字不斷上升，但牙醫始終不為所動。直至林白的嘴巴在他眼前張開，幾乎是一個不假思索的決定，牙醫要把積蓄投放到那些形狀大小恰到好處的牙齒上去。

他認真地點算過林白的牙齒後宣布：「十二月六日，你的口腔內共有四十六顆牙齒。」擠在一起的牙齒像僭建的樓宇那樣越過嘴唇的界線，使她的舌頭留下了深淺不一的齒痕，牙肉上布滿發炎引致的小白點。

「已經沒有別的選擇，」牙醫說：「只能把多餘的牙齒拔掉。」他向林白保證，每次拔掉四顆牙齒的痛苦，在人類能承受的範圍以內，只要她拔去那十四顆多餘的牙齒，便能回復最初的面貌。

「除了我，」牙醫說：「沒有任何人會接收你的牙齒。」

林白沒有立即拒絕或接受牙醫的建議，她的視線不慌不忙地落在診所門外陰暗的走道上，午間的休息時間，走道兩旁的診所都關上了門，內裡漆黑一片，像許多被蛀掉的牙齒。她記得不久之前，在那走道上徘徊，兩旁都是玻璃門，門上有不同的名字，而她走進了牙醫的診所，只是因為那裡散發出的漱口水氣味刺進她的鼻腔時，她能勉強地容忍。她不肯定，要是她走進了另一間診所，情況會有多大的不同。

她走進那診所內，正在凝視一副假牙的牙醫轉過頭來看著她問：「牙齒不受控制地長出是什麼時候開始的事？」林白從他的口腔裡嗅到濃烈的消毒藥水氣味，那氣味使她沒條件地坦白，她突然明白，為什麼所有進入醫院檢查室的人，在醫生戴上手套之前，都會不問情由地脫光衣服。

她告訴牙醫，是在一道冷鋒經過的期間。最初，她以為身體內夾雜著極端悲哀感的狂喜，是路人身上不同款式的大衣引起，直至她對著鏡子張開嘴巴，看見上顎有三顆多餘的牙齒，在寒冷的天氣下，欣欣向榮地長出來。林白不知道，要是她對牙醫扯一個謊，或裝作忘記了牙齒長出時發生的事，後來她會不會置身在另一種情況下。

但她畢竟還是毫無保留地讓牙醫知道一切，包括，當第十二顆多餘的牙齒長出後，她就被辭退，否則，她會一直在牙科診所附近的一幢商業大廈上班。在過多的牙齒長出前，她從沒有想過，那種生活會有結束的一天。

「那些擁有健康牙齒的人，嘴巴都有一股強大的力量，能使人走上另一條路。」林白告訴牙醫。即使，她已經有一段太長的時間，再也沒有走進任何辦公室內，她仍然會想起，在她的桌子上有一部電腦，有時候，那些跟她一起工作的人，會從電腦後探視她的臉，期待她張開嘴巴，讓他們探索藏在那裡的一切。那天，其中一個人走近她身旁說：「實在，你的嘴巴並不對稱。」為了使旁觀的人更明白他的意思，他把自己的上下唇扯向兩個不同的方向。另一個人說：「你的臉也不對稱。」他用雙手按壓著自己臉頰的肌肉。四周的人都在注視著林白。以往，他們總是常常咧開嘴巴，嘴角向上彎起，露出粉紅色的牙肉和排列整齊得像琴鍵那樣的牙齒。可是那一刻，林白只是看見他們死死地盯著她，似乎在期待一種冷鐵的顏色在她臉上浮現。但她只能露出了一個藏著牙齒的微笑。

後來林白一直在想，要是當時她展露自己的牙齒，那個定時發薪給他們的男人，可能不會把她帶進玻璃房間，對她說：「但我們需要笑容，令人快樂的笑容。」他一邊看著林白的嘴巴，一邊指向對面大廈外牆的大型廣告，那上面艷紅的嘴唇，露出了牙齒和舌頭。「請展開你的笑容，讓旅客源源不絕地到來。」每一個經過的人都被這樣勸喻著。

可是一切已成定局，當她看到陰暗的走道上，沒有一個人，她肯定這一點。

「你可以回家再考慮。」牙醫說。林白看見他臉上禮貌的笑容，知道那代表不耐煩。

那個天空灰暗得像黃昏的下午，林白再次躺在牙醫身前。她閉上了嘴巴，但掛在牆壁上的X光片使牙醫和護士都輕易地透視了她每一顆牙齒的生長方向、牙齦的長度，還有躺在牙肉內還沒有長出的牙齒。

牙醫看見了一個茂密的森林，和許多生長中的樹。他感到驚訝的並不是從另一個的口腔裡發現了相似的樹，而是那些年過去了，那棵樹仍不曾在他的世界消失。

那些牙齒曾經像熟透的果實掉到枕頭上。

在他踏入青春期後不久，每個星期三的清晨，都會走進父母的房，為他們收拾那些用過的紙巾、讀完的報紙、零食的包裝紙、空蕩蕩的汽水罐、散落地上的衣服和襪子，他發現父親掉在地上的大量頭髮，積聚了一定數量的頭髮像一塊薄薄的毯子，但他最感興趣的是母親在熟睡時遺落在枕頭上的牙齒。

「那些牙齒又黃又髒，失去所有功能後便掉落，我每週撿到一顆。」林白離開後，牙醫向護士憶述他母親的牙齒，護士把他的話記錄在一本白色的硬皮本子上。

他喜歡收藏母親的牙齒，當他把那顆黃黃的牙齒捧在掌心裡，便感到切實豐潤的滿足，在他身體內各部分遊走，他必得不斷來回踱步來排遣那種感覺。他從不知道母親有沒有發現自己到底遺失什麼，他只是小心翼翼地把搜集得來的牙齒儲存在抽屜的暗格內，每天放學後回到家裡，把牙齒放在書桌的座檯燈下仔細觀賞，許多黃昏就這樣耗掉。

撿到那些牙齒之前，他從沒有認真地注意母親。大部分的屋子裡，都有一個母親，像一片百葉簾或一個廢紙箱那樣待在角落。牙醫從不察覺他的母親和別的母親有任何不同之處，除了經常發呆、把剛晒過的衣服再放進洗衣機、清洗過的窗子總是沾滿污漬外，她是個安分守己的婦人，午餐和晚餐之後，她便緊緊地盯著電視機，腰間有一團脹滿的脂肪。

那天，牙醫的抽屜裡藏著五顆牙齒，他有愈來愈強烈的預感，母親會在一個出其不意的時刻揭發他，搜出被他偷去的牙齒，甚至召來警察把他拘捕。

後來他常常想起推開家裡大門的一刻，心臟劇烈跳動的節奏。他以為穿著制服的警察站在門後等待他，但出現在他眼前的是坐在椅子上、背部微微弓起看電視的母親，比以往更投入在肥皂劇的情節裡，專注地觀看那些演員過分誇張的演出。而他的父親側身躺在長椅上，兩隻手掌夾在彎曲的膝蓋之間，斜著眼睛看他。

有一種噁心的感覺隨著走廊間帶著垃圾氣味的風吹向他，他清晰地看到，坐在屋子裡的兩個人，是兩個軟弱幼小的孩子，他們正在渴求他的照顧。從那時開始，他生出了一個無法移除的念頭，世上所有的男女，要把孩子生下來的唯一原因，就是培養一些更強大的人照料他們。

「她的口腔內，那棵會長出牙齒的樹已經枯死了。」牙醫看見護士在記錄他那天最後一句話之前，張開了她經常展示笑意的嘴巴，打了一個冗長的呵欠。不知從什麼時候開始，護士打呵欠的次數一天比一天頻繁。

「這裡有很多將會長出的牙齒。」牙醫以冰冷的鉗子碰著林白上顎的位置告訴她。她從一張X光片上看見自己的口腔，而她的口腔正被房間內所有的人飽覽無遺，那牙床內藏滿已經長成了的牙齒。

她躺在病人專用的椅子上，牙醫正在戴上手套，她在想要是她起來走出牙科診所，一個月後，醞釀中的牙齒將會如何撐破她的嘴巴。

她曾經飼養一頭黑色的小老鼠作寵物，但在那所租借回來的廉價房子內，孩子不被允許擁有私人的東西。她的哥哥說：「寵物是浪費金錢的玩意，應當把牠拿來做實驗。」她記得哥哥如何從破舊的衣櫥裡撿到幼小的鐵枝，把鐵枝結結實實地捆在老鼠的牙齒之間，支撐著上下兩顎，使牠的嘴巴永遠無法合上。「不用擔心，」她的哥哥安慰她：「只要定時用吃剩的湯汁餵養牠，牠便不會感到飢餓。」

黑色老鼠的牙齒被捆上鐵枝時並沒有拚命掙扎，倒是牠不斷把頭來回搖晃，短小的前肢抓向空中，也無法合上嘴巴時，眼神才變得惶恐。到了另一天，她再看見牠，惶恐已風化成了無望。牠拖著那根窄長的尾巴，遲緩地走過牆壁之間的暗角，最後在去水渠附近停留。

源源不絕的新牙在她的口腔內蓬勃地生長，她無法合攏嘴巴的早上，從鏡子裡看見另一個人，想起黑色的老鼠，突然知道，從前那個人，已隨著不斷的新陳代謝而完全消失。

被注進麻醉藥之前，她問牙醫：「為什麼會有大量牙齒突然長出？」牙醫把長長的針筒扎進她的牙肉後說，林白再次踏進更換牙齒的時期：「有些人一生只有一次換牙的機會，有些人則更多，一個人一生有多少顆牙齒，取決於基因遺傳。」

林白想知道的是，換牙的時期要維持多久，但發麻的感覺漸漸擴散，最初那是一個小點，慢慢地蔓延至半張臉，她知道自己將要扮演一個絕對陌生的角色，而她曾經以為這個時刻會在更早之前來臨。

她記得年幼時第一次躺在牙科診所的椅子上，看著那老牙醫滿布皺紋像泥土般的皮膚，他跟她的母親說：「她的顎骨太小，無法容納這些太大的牙齒。」

「但那並不影響咀嚼。」她記得母親說這句話時眼睛一直在看著窗外的天色。但老牙醫鍥而不捨地追問：「可以動一個擴張顎骨的手術。」林白並不感到驚訝，早在老牙醫為她檢查牙齒時，她已感到他要占領她的口腔，因此當她看到母親的手在揮動時，她被獲救的僥倖感充滿著。「管他呢？」她的母親說：「反正沒有人知道她將會是個怎樣的人。」

林白知道母親從沒有認真地考慮她的口腔或顎骨手術，當她們離開了牙科診所，她母親的眼睛便一直無法離開那不斷移動的時針。那是下午三時，午間連續劇開始播映。每天相同的時間，母親總是坐在沙發上，呆呆地盯著電視機跳動的畫面。只有在下午無人的屋子裡，母親才可以放任而沉溺地觀看電視節目。只要大門不被打開，她的丈夫和子女沒有從外面的世界闖進屋子，母親便能像跌進睡眠那樣沉浸在劇集的氣氛之中，而不用幹練地處理各種家務。

她們離開了牙科診所後，還來不及向對方說出一句話，已經不約而同地發足狂奔。經過還未轉成綠色的交通燈、百貨公司門外的人潮、車站的隊伍、數不清的街道拐角處和電梯大堂，進入了自己的房子，她的母親放下手袋後，腰身筆挺得像一根垂直的柱子，凝固在電視機的前方。

林白盯著被折磨得異常疲倦的黑老鼠。

並沒有任何原因，她把牠飼養。只是一個多月前的一個下午，身子瘦小的黑老鼠從廚房的溝渠奔竄到她母親的腳下，再溜進冰箱的底部，牠打斷了母親觀看電視的專心致志，使她驚詫地看著老鼠的尾巴，再把眼光投在林白的臉上。林白無法從母親的眼神中察覺自己和老鼠的差異。她便對黑老鼠產生了強烈的共同感，不得不去保有牠。她蹲在冰箱旁守候那隻黑老鼠，身後的電視機在播映《海市蜃樓》，不長也不短的對白像磨刀的聲音削弱了她的神經。發麻的感覺最初只是難以辨析的小點，漸漸占據了她的雙腿和下半身。

而那些相似的小點，使她躺在牙科診療室的椅子上，失去了四顆牙齒的同時，並沒有任何痛苦，只是清晰地感到，身體的某一部分切切實實地脫落了。牙醫拿出手術刀前，對她作出承諾：「你不會感到疼痛。」這使她知道，要是那些小點滿布了她全身，牙醫便可以在她失去知覺的情況下，取走她身體上任何東西。

牙醫拔去了她的牙齒，但林白依舊在鏡中看見自己被太多牙齒撐滿的臉，感到那是一個無法扮演的角色，使她想到那頭黑老鼠。

進入冬季之後，長期無法嚙咬任何東西的老鼠，牙齒愈長愈長，終於尖銳得把自己的嘴巴穿破。那時她站在牠身旁，卻不敢觸碰牠的身體，於是她哥哥撿來一根樹枝，撩撥牠僵硬的身軀，把牠的臉翻過來。她看到牠閉上了眼睛，嘴巴張得異常巨大，慘白的牙齒像監獄的欄柵，欄柵內的口腔組織發黑如乾涸的陰溝。

即使那頭灰黑的老鼠已經死去多年，牠依然發揮著寵物的功能。只要想到牠，林白便會覺著一種微妙的共同感像一道暖流貫通她全身，包括每一顆無所不在的小點。

牙醫看著林白的背影消失在走廊的拐角處，感到某些重要的東西也被一併帶走，就像嫁接錯誤的植物，他渴慕的牙齒長在一個陌生女子的口腔裡。他曾經不止一次幻想母親的牙床會不斷長出新牙。自從他搜集牙齒的數量達到二十八顆，他便暗暗祈求著新生的牙齒，然而反覆興起的期待總是一次又一次落空，直至他母親把嘴巴長久地閉上，再也沒有吐露出什麼。

每次牙醫想起抽屜內的牙齒，就感到沒來由的燠熱，就像那個熱氣蒸騰的午間，不知道是電視的劇情令人心煩意亂，還是屋內氣溫太高，丟失了許多頭髮的父親，吃過午飯以後無法入睡。他走近他，在他耳畔說：「她曾經是一個戲子。」

就像嫁接錯誤的植物，女角和母親的身影交疊在一起，他感到父親的話像現實那樣順理成章。

但很久之後，牙醫始終認為，那個下午深嵌在他的腦子裡，因為那天他的抽屜裡牙齒的數目，剛好是十，而且室內的高溫使他們無法躲避對方身體上的氣味。

「她曾經是一個戲子，但現在什麼都不是。」他的父親從冰箱內取出一罐可樂後，就坐在書桌旁的一堆舊報紙上，面向屋內唯一的一扇窗子，雖然他們等了很久，連最微弱的風也不曾經過，但透過窗子，卻可以看到對面大廈其中一個單位內，一個戴著鮮黃色手套的女人正在洗擦窗子。

「她善於演繹哪一類型的角色？」牙醫一直感到自己向父親提出問題，並不是因為要獲得答案，而是掩飾對父親突然靠近的慌張失措。他只能說出問題，使對話能維持下去。

「那些年頭，戲子無法選擇自己的角色，她扮演許多不同的角色，但只有在扮演妓女的時候，人們喜歡看到她。」父親以低不可聞的聲線告訴牙醫：「她每次扮演妓女，都有不同的演出方式，就像被不同的靈魂附在身上，引人入勝的地方在於，她內裡似乎藏著許多個不同的妓女。」可樂經過父親的口腔，散發出腐臭味，處身於青春期的牙醫對於氣味異常敏感，但他認為胃部洶湧地翻騰，並非因為惡臭的氣味，而是他想起那一年，母親仍把他像孩子一樣摟著，想要吻向他的嘴唇，而他迅速地把頭扭到另一邊，胃部冒起了炙熱的感覺。

他只好裝作漫不經心地問父親：「那你呢？你喜歡看到她演出哪些角色？」父親仰著頭把剩餘的可樂倒進口腔後，把汽水罐壓扁前告訴他：「忘記了。而且這些年來，她不再扮演任何角色。」

他希望能從父親的臉上找到代表著失望的一些什麼，但他找不到。父親只是告訴他，他原以為她身體內埋藏著的許多個不同的人，在他們同住以後，那些女人卻沒有再次出現。她不再當戲子，只是像空殼一般坐在電視機前觀看長篇連續劇。

他始終無法在父親臉上找到失落的神色，因而肯定父親只是為了自己失去工作後，一直以打罵母親排遣無聊而作合理解釋。

可是當牙醫走過影視店，看見一盒名為《藝妓》的影帶，上面印有他母親的名字，他還是想起父親的話，而且不由自主地相信，家裡陌生的母親確實是一個戲子。他無法排拒自己對於父親的信任感，這使他感到異常驚訝。

那個深夜，他一直在等待母親進入睡夢之中。他把《藝妓》的影帶送進機器，電視機的畫面出現了一個年輕女子的臉容和身軀，那晶瑩的肌理和流麗的線條使他想起一道假的溪流。在電影裡，她在一個烈日當空的下午被綁架，輾轉被賣到鴇母的手裡，被培訓成才貌出眾的藝妓。他看到其中一幕，女子把自己的臉塗得粉白，牙齒染得黑黝黝的，穿上白色華麗和服，用扇子遮掩著自己的下巴跳舞。她的聲線渾厚得不像女音，唱出一支歌，字幕中寫著她唱：「我是個天生的藝妓，這就是我的人生方向。」

雖然他聽不懂那種語言，但肯定她就是他的母親，即使他無法在她臉上找到母親輪廓的痕跡，也永遠無法知道，時間加給他母親的究竟是什麼，但從來沒有一個人使他感到如此貼合母親的位置。而且，當他把身子陷在沙發裡，任由電視機的光影打在臉上，整個人的內在被掏空，只剩下一層透薄得無法觸摸的外殼，而重新被螢光幕那邊的一切填塞，飽滿得無法擠進一絲多餘的空氣。那時候他感到自己就是他母親，並且以母親相同的姿勢坐在電視機的對面。

影帶播放完畢，他把抽屜內的牙齒悉數取出，用美術課的水彩筆沾上黑色的油墨，把牙齒一層又一層的塗得非常烏亮。

「把牙齒塗黑後，便會散發一種神采，使人感到牙齒附近的神經線和靈魂不可分割。」牙醫向護士口述關於牙齒的回憶，讓她整理筆記時，他無法看到護士的眼睛、嘴角或臉頰出現任何笑意，這使她的臉看上去像被盜墓者搜掠一空的洞穴。

「你應該保留它，最少一隻。」牙醫把其中一顆亮白的牙齒送到林白面前，但她看著牙齒仍在淌血的尖端部分搖頭。

一個月前，命理師坐在林白的對面，告訴她，只要把拔掉的牙齒埋藏在東南面的土壤之下，所有煩惱都會被陽光蒸發。「只要撥開泥土，把牙齒棄置在那裡。」命理師說話的時候，毫不顧忌被林白瞥見口中瘖啞的金牙，但她把頭搖了又搖。

牙醫向她再三強調牙齒的重要性：「肉身會腐爛、血液會凝固、骨骼可被輾碎，但唯有牙齒，它們一直那樣堅固。人始終會過世，但牙齒，只要我們保留著牙齒，就能想起關於那人的年紀、笑容、飲食習慣，一切一切。」

林白仍然像抗拒命定的事情那樣搖頭。牙醫便安心地收藏她的牙齒。他一共為她脫去八顆牙齒，只要付出金錢，那就完全屬於他，想到這一點，他的心便篤定下來。

他再也不能錯過任何牙齒，當他的抽屜內囤積了二十顆母親的牙齒，母親便開始不著痕跡地改變。她的嘴巴張得老大，喋喋不休地咒罵他們，使他看清楚她牙床上的黑洞，彷彿仍殘留著瘀血。母親那些鏗鏘有力的咒罵，令他感到耳目一新的興奮。

他記得穿著藍色花裙的身軀站在廚房烹調一窩麵，他向她討一碗，她轉過頭來看著他：「你和那個死老頭，都有一個無法填滿的烏鴉胃。」他看見她口腔內已經凝固的血漬，仍然嗅到一種焦躁的腥氣。

他把麵條咬碎的時候，還沒有意識到那句話包含著的怨恨，只是認為那個早上跟以往的有一點不同，但無法清晰地指出那是什麼。直至母親看到他把沾滿麵條湯汁的碗放進洗碗槽裡，她說：「從你出生開始就不斷給我帶來麻煩的事，你是一隻討債鬼。」他才感到她沙啞的聲音裡，帶著破碎玻璃的鋒利感，使他的身體各部分微微發麻，無法往前挪動一步，只能看著地面發白的磁磚上倒映著陽光透射床單而產生的橙色花紋。母親從洗衣機掏出一堆濕漉漉的衣服扔在躺在長椅的父親身上後，一邊晾晒衣服一邊喃喃地說：「反正一天到晚都躺著像一灘髒水，死了就更好。」

後來的日子，牙醫一旦想起母親聲嘶力竭地埋怨的話，便產生彷彿是牙肉腫痛帶來的刺激感，那是一種令人沉迷的疼痛，使他感到母親存在的重量。他一直期待母親再說出更多折磨人的話。

以致母親一旦開口，他就全神貫注地留意著她的嘴巴。而且發現那裡有一種力量，無形地控制著他們的言行，無論他躲在屋子的哪一個角落，也會感到母親的身影無處不在。

一天的開始，她低沉地叫喚他，把他從黑暗扯到陽光刺目的早晨，她會說：「只有你們擁有沉睡的權利，可以不斷地睡。」他睜開眼睛便會看見她眼下的摺痕和深咖啡色的斑點。

她的臉使他重新體驗房子。當他扭開水龍頭洗臉和洗手的時候，她的聲音便會隔著木門傳來：「每次都死命地扭著那水龍頭，壞了你們卻不會管。」他走出浴室後，她責備他掉落了太多頭髮令人噁心。他坐在書桌前溫習，她在遠處冷冷地說：「埋在課本裡就可以不理會家裡的事。」

陽光差不多褪盡時，他仔細察看牆壁上漸漸暗淡的光點，她便說：「為什麼總是在發呆？你知道嗎你發呆時像極一個瘋子。家裡有一個癱子還不夠嗎還有一個瘋子？要是你沒有瘋為什麼看不到牆壁上那巨大的裂縫？」因為她的話，他才會在失眠的晚上留神壁虎叫聲的節奏，並嘗試從那節奏估計壁虎的數目。母親的聲音刺得人耳朵發痛時，他把視線投向躺在長椅上的父親，而父親正在瞇著眼睛微笑。他的臉上沒有任何表情，但他對父親的微笑心領神會，並且知道他跟他都享受著母親的謾罵所帶來的快感。

終於，那一個關掉了電視機的寧靜晚上，他們圍在餐桌前默默無言地咀嚼柔軟的米飯，突然，他又聽到母親說：「吃飯的時候到了你們就只管吃飯，難道飯菜會從桌子上長出來嗎？難道你們都是瘸子和癱子嗎？這世上再也沒有像你們那麼壞心腸的人。」他看著母親罵人的時候，眼睛、眉毛、嘴角和臉龐也尖削起來，就像初起的秋風掠過他的皮膚。不久，他的父親在笑，最初只是像顆粒掉在地上那樣難以察覺，然後他的身子在抖動，像刮起寒風時樹葉不停地搖晃那樣發出走了調的笑聲。他終於也無法忍受，要笑的衝動就在他的身體內迸發出來。那一刻，他和他父親就像在競賽笑聲的響亮度和持久力，以發笑的聲音填塞空氣中的空隙。即使在笑得四肢抽搐的瞬間，他也沒有忘記注視著母親的臉，企圖從中察覺最微妙的變化，但他母親就像專業演員那樣臨危不亂。她的嘴唇仍然快速地開合著，唸唸有詞地數落他們，他聽不清楚她在說什麼，但耳畔仍響起了充滿尖角的聲音，那些滿溢著怨毒，以致無比滑稽的聲音，就像母親以往每一次罵他，他也想笑一樣，那一次他完全被想笑的衝動擊倒。他一邊笑一邊想到父親的話：「她是個戲子。」就像觀看一套電視劇，他看著母親的眼睛便相信她是個天生的喜劇演員。而且在抑壓多年之後，突然在出其不意的情況下演出任何角色。

牙醫把拔出來的四顆牙齒整齊地排列在鋼盤上，以棉花吸收林白傷口的血。她被拔去牙齒後的牙床上出現了幾個黑紅色的洞，使他想起母親張大嘴巴罵人時，曝露出口腔內的黑洞。

牙醫對她說：「一小時內不要漱口，或進食堅硬的食物。麻醉藥效力過去後，可吃一點止痛藥。要留意的倒是，人們或會在失去牙齒後出現乖張的反應。」

林白把頭扭過去對著一面鏡子，看見一張發白浮腫的臉，她不相信那就是自己。唯一令她安慰的是，牙醫把一疊鈔票塞進她手中。

即使林白避免站在鏡子前，鏡中的反映已留在她的腦內。難以入眠的晚上，她想到鏡內的人，街上的途人打量她，她想到鏡內的人，她躺在沙發上看電視劇《流沙幻影》時，也想到鏡內的人，那使她自慚形穢。《流沙幻影》中的所有女子，即使是最不起眼的配角，臉面也呈鵝蛋形。決定賣出牙齒之前，她問牙醫：「拔去牙齒之後，臉面會回復原來的樣子嗎？」牙醫肯定地點了點頭。然而，八顆牙齒被拔掉後，兩片嘴唇仍然無法緊閉，臉部呈不規則的形狀。她看著鏡子，並沒有任何訝異的感覺，就像這些年來，口腔內許多健康的牙齒帶給她的痛苦，以及每一齣電視劇的情節。

《流沙幻影》中的女子，住在建於沙灘的小屋子裡，她每天吃午飯之前，都在廚房的窗子收到一枚從遠處飄抵的氫氣球，氣球內都有一張紙條寫著：「第一百個氣球爆破之後，你會看到我的樣子。」那些紙條使女子無心進食，身體瘦薄得像一張宣紙。電視劇還沒有播放完畢，林白已經知道，那是一位癌症病患者安排的計畫，第一百個氣球爆破後，他將會以氣球的姿態搖搖欲墜地在廚房的窗口出現，跟女子共度他去世前最後的日子。

林白認為，那並不是她的選擇，母親逃走後，她必得坐在電視機前的座椅上，正如她巴巴地看著母親燒了開水後，便沿著廚房外的水管由窗口徒手爬到地面，跑到她看不見的地方，她必得把蔬菜和麵條放進沸水裡，完成母親未完成的晚餐。當父親和哥哥發現母親失蹤，她必得告訴他：「她沿著水管爬到地面。」他們把頭顱挨擠在廚房那扇狹小的窗前，極目看著遠處山坡上的一棵樹，她不得不說：「她只是模仿《女黑俠》的劇情罷了，很快，她會回來。」在母親不再回來的日子，她坐在母親的座椅上，選擇她喜愛的電視台，接連看過一齣又一齣的電視劇，她對父親和哥哥說：「我要在電視劇中尋找她的去向。」但那裡並沒有任何關於逃走或失蹤的劇目，她只是重複地看著許多男女遇上、分開、結合和離異的過程，漸漸地，她領悟了似乎所有人都必須參與這個過程，就像一道未被說破的守則。而關鍵是，那些男女都有著潔白無瑕而數目恰到好處的牙齒，因此，他們能隨時展露微笑，並且，在沒有人的角落，把舌頭探進對方的口腔裡，無可避免地，他們的牙齒會抵在一起。那是一個曝露牙齒的過程。

林白被辭退那天，午間劇場《流沙幻影》首播。第六十七集，描述女子收到第六十七個氣球，她打了一通電話給私家偵探，委託他調查誰是氣球事件的幕後主腦。林白便在腦中進行了一個假設，設想牙醫是這世上唯一會容納她有過多牙齒的人。當她想到牙醫把拔出的牙齒小心翼翼地排列在鐵盤上，凝視著從她口腔拔出來的牙齒，眼神失去焦點時，就感到任何假設，也有成立的可能。

「七月的第一天開始，我不能繼續在這裡工作。」護士把一封信交給牙醫，弧形的嘴巴就咧開了並且向上彎起，讓人看到她潤澤的貝齒和嘴唇旁的酒窩。牙醫想到前一天晚上所吃的甜點，碟子上有精美的裝飾物。他問：「為什麼？」她笑著用下巴指了指窗外的巨型海報：「我要參加『笑容小姐』比賽。要知道，在這裡推廣笑容，是多麼重要的事。」牙醫只好點了點頭，對著她無意義地笑了起來。

牙醫知道，總有一天，護士會厭倦微笑，也有可能她早已厭倦，只是以笑意來掩蓋納悶的情緒。任何事情也有結束的一天。牙醫早在母親拒絕說話的時刻，洞悉這個事實。

他記得，那天下著連綿不斷的雨。潮濕的日子，母親異常疲累，中午之後，仍然躺在床上沉睡。他在她的枕頭上撿到一顆牙齒，那是他撿到的最後一顆牙齒。他拉開自己的抽屜，點算牙齒的數目，那裡一共有二十八顆。

之後，他再也沒有聽過母親說話。他時常想起，她最後罵他的話是：「賊子。」但她睡醒後，再也不說一句話，他的家便異常空寂，牆壁沒有發出聲音，牙齒沒有發出聲音，電視機沒有發出聲音，父親和他也沒有發出聲音。他幾乎無法覺察母親的存在，偶爾看到她坐在客廳的中央，便想到她口腔內牙齒脫落後的洞，使他感到自己置身在黑洞中濕滑黏膩的部分。

他正式當上牙醫後，母親拒絕了他苦苦的哀求——張開嘴巴，給他檢查口腔。她寧願任由失去牙齒的嘴唇肌肉向內萎縮，也不願接受，他特別為她訂製一副全新的假牙。

林白不能忍受的，並不是新的牙齒在剛剛脫牙的孔洞再長出來，而是，當她對著鏡子張大嘴巴，便不得不承認自己的狀況——一直在外沿徘徊著，就像一群看熱鬧的人，她只能繞著那堆人一圈一圈地走，看遍每個人的背部。

辦公室的人事部職員把最後一個月的薪金交給她，收回她的員工證，然後轉身對著電腦繼續工作，她看見一個渾圓的背部，竟然有鬆一口氣的感覺。

街上有許多人，都不認識她，但他們帶著侵略性的眼神，往往在她的臉上游移一陣子後，落在嘴巴上，即使她把臉別過一旁，他們的目光仍會緊緊地追隨著她。慢慢地，她學會了跟著別人的背部走，只要被別人的背部包圍著，她便知道進入了安全的範圍。

可是，就在她居住那幢大廈的電梯大堂，她一再碰到那對不肯以背部朝著她的母子。他們不止一次，堅拒以背部朝著她。當她等候電梯時，他們慢慢走近她，她踱步到他們身後的垃圾箱扔掉一團紙巾，他們轉過身來朝著她，她假裝走到他們背向的玻璃停靠，他們又轉過身來面向她。基於某種掩飾的本能，她對著那年少的兒子微笑，那兒子拉了拉母親的手說：「無故對別人微笑的，都是個神經病。」他的母親睥睨了她一眼，就像眼睛無意地掠過雕塑上的裂痕，同時對兒子的觀察力表示欣賞。林白臉上的肌肉迅速地僵硬，便走進一部敞開了門的升降機。他們跟著她走進去。年少兒子的眼球一動也不動地盯著她喊：「神經病。」她假裝聽不見任何聲音。他再朝著她呼叫：「神經病人。」她終於把視線落在他臉上。他的母親也把視線落在她臉上。升降機的門開啟前，少年湊上前用拳頭重擊她的臉。林白感到他們的影子巨大得足以把她吞噬，要是她不掙扎便會溺死在其中。

後來她想，如果那天，她若無其事地回家，事情會不會以另一個方式發展。

她跟著他們步出升降機，少年回過頭來再次掌摑她，那使她的牙齒和舌頭發痛。她問那個母親：「為什麼？」那個母親把臉湊近林白，瞪著她的眼睛說：「那不是別人的責任。」少年以身體阻隔著母親和林白，把緊握的拳頭猛烈地撞向林白的嘴巴，她幾乎是即時地嚐到鮮血的腥甜，感到身軀內許多東西在瞬間被掏空，冷冽的空氣紛紛進占她的軀殼。她問他們：「為什麼？」那個母親摟著兒子的肩膀，一邊把他推向屋子一邊說：「因為你的長相太可怕，使孩子驚慌。」門便在林白身前關上。她環視那走廊，有許多的門，但沒有一扇門可以供她躲藏。

她打了一通電話到警察局說：「我被毆打了。」那一邊問：「毆打你的人在哪裡？」

她說：「進入了屋子裡。」

兩個穿著警察制服的人走到她面前時，她說：「我被毆打了。」他們說：「毆打你的人在哪裡？」她指向一扇緊閉的門說：「他們進入了屋子裡。」警察敲打那扇門的聲音，就像在拒絕一個不說話的人。其中一個警察上上下下地打量她，她走到他們的背後。那個母親把木門打開，林白才看清楚，她有一雙浮腫的眼睛。她對他們說：「沒有這樣的事。那孩子只是逗她玩，要知道孩子多麼容易被驚嚇。你們不會知道，關於孩子的許多事情……」

其中一個穿著警察制服的人把林白帶到走廊的另一端，一扇緊閉的門旁邊，勸喻她：「還是算了吧，那只是孩子的遊戲。」她只能搖頭。他繼續說：「孩子的手，沒力沒氣的，而且他只是鬧著玩。根本不會對你造成任何傷害。」她感到除了搖頭之外，沒有任何選擇。他說：「孩子是未來社會的棟樑。」另一個穿著警察制服的人也走近說：「忘了這件事吧，這種事情一天不知會發生多少遍。如果你堅持要控告他，到了法庭上，法官也會說：你應該寬恕孩子。」她只能把空虛的頭顱搖了又搖。

他們轉身離開前說：「我們的工作已經太多，請不要再為了這種無聊的事報警。」

終於，林白看見他們強壯的背肌，並認為那跟一堵灰色的牆過分相似。

林白把嘴巴張開，牙醫便看穿了一切。一個月前拔掉牙齒的位置，又有另一顆新的牙齒冒出來，牙醫點算過後，告訴她：「二月六日，你的口腔內共有三十八顆牙齒。」

「為什麼？」林白問他。

「沒有任何人能解釋。」

林白想起診所門外張貼的招聘廣告，便向牙醫推薦自己：「如果你需要一個登記護士，我可以坐在那白色的小窗前，替你整理病歷卡。必要時，讓你拔掉我的牙齒。」

牙醫一直認為自己不會說出任何話，但他終於還是聽見自己的聲音：「我們需要笑容。」

牙醫最後一次看見林白的口腔，確實看見一顆樹的姿態。那是一棵茁壯的樹，枝椏的尖端長出嫩葉，最重要的是，它一直向天空伸展。他並沒有把所看見的情況告訴任何人，包括每一個登記護士。

他甚至沒有打算告訴林白。

當他為她一共脫掉了十二顆牙齒後，她問：「你會買下所有牙齒嗎？」

實在，林白從牙醫的鐵盤取走一顆牙齒藏在口袋後，便向著東南方向步行。在她的記憶中，東南方向有超級市場、學校、鐵路的鐵軌、公園、電話亭和沙灘。

但在她真正到達任何地方前，一切還是未知之數。

悲傷旅館

紫外線指數偏高的下午，架著廉價太陽眼鏡的服務員看見第一個從巴塔大廈倒塌現場向他走過來的女人。那時候，空氣中瀰漫著人肉燒焦的香氣，陽光刺在人們的皮膚上。

他摘下太陽鏡後，清晰地看到氤氳的霧氣，使遠方的影子不實在地擺動，但他無法分辨那是火災後久久不散的霧氣，還是柏油路面蒸騰的熱氣。

直至女人走到他身前，他才看到她的眼睛是一個沒有水的池塘，那裡盡是魚的屍體。她說：「給我一個房間，只能容納我一人。」

服務員憑藉豐富的分配房間經驗，把她帶到十五樓一個沒有多餘家具的房間，內裡有蒼白的天花板和牆壁，他深信那跟悲傷的人能融成一體，把鑰匙交給她前，他提醒她：「只要有足夠的金錢，便可以在這裡一直住下去。」

不久，四十六個帶著空洞眼睛的人先後走進服務員的旅館，他把他們領進不同的房間，關上門，就像把凌亂的雜物分門別類地藏進不同的抽屜。他感到整潔帶來的愉悅。

（沒有人知道巴塔大廈突然塌下來的原因。那天，報章、電視台和互聯網把大廈塌下來的過程鉅細靡遺地描述，人們便假裝自己了解事情的經過。即使每個人竭力張開雙手也摸不透眼前那頭巨大的象，但只要沉浸在假裝理解的氛圍裡，並信以為真，生活便能安穩而不受干擾地過下去。

「事情是怎樣開始？」人們這樣問我，我不知道他們是誰。自從我找不到自己的房子，這樣的人便總是無處不在。那天，就像許多我想不起如何度過的日子，我在第十二站下車，路旁圍欄上的紅布仍然在飄揚，紅布上的競選口號仍然是「反對公共汽車加價」，猛烈的陽光使我的眼睛無法完全睜開，我跟著回家的感覺向前走，光線逐漸加強，直至刺痛了我的眼目。我看不見熟悉的棗紅色大廈，也找不到大廈內有著紫色大門的房子，門後那個藏著黑色皮鞋的鞋櫃，穿著黑色皮鞋的男人，男人用作午睡的沙發，沙發上的指甲銼、記事本和錢包，錢包內的照片，照片中的小孩，還有許多東西，突然一併擠進狹小的腦海，某種霸道的煩惱便開始生長，漸漸成了一個沉重而不斷變大的皮箱，馱在我的肩上。）

＊

服務員打開一扇門之前告訴陳年：「這是旅館內最便宜的房間。」她面向敞開的房間便看到一種巨大的空白，那空白的分量在她能承受的範圍之內，她便接下了鑰匙。服務員的臉頰泛起一陣興奮的潮熱，以微弱聲音對她說：「適量的意外能使市容更整齊，起碼，人們不再往街上亂跑，這些房間也不再無了期地荒置著。」

她把門關上之後，另一把聲音在問她：如何能回到那裡？她面向一堵石灰剝落的牆壁，專注地回想某個關鍵的畫面，但那不是一個容易回答的問題，而且紛陳的思緒像暴風雨前夕的飛蟻那樣滋擾她。

甲蟲排列成線狀在牆壁上某個細小的孔洞進進出出，她想起一扇紫色的門，那扇門關上之前，她看見鞋櫃內一雙沾滿泥巴的黑色皮鞋。

黑色皮鞋屬於一個男人粗壯的腳。他曾經擁有不同顏色的鞋子，但在他被工廠辭退的晚上開始，他把款式各異的鞋子逐一送到垃圾房，只留下黑色的一雙。自此，黑色皮鞋成了饒富意義的暗示，每次當她打開那扇紫色的門，視線都會落在玄關的鞋櫃，黑色皮鞋的缺席，暗示她可以在一段有限的時間內獨占那房子，要是只有一隻黑皮鞋，則是他把鞋子扔向她頭臉的先兆。

「離開這個不講理的人吧。」陳年的姊姊陳末察視過她的傷勢後勸喻她。但陳年總是把嘴角往上彎，然後說，他們正在適應彼此的轉變。漸漸地，陳末竟然習慣了那些傷疤的顏色，彷彿自陳年出生開始，不規則的疤痕已經長在她的臉上。

陳年卻無法令陳末明白，那男人從來都是個寡言的人，她深信只有自己才能解讀他那些從不宣之於口的話，往往在他不自覺地揚起一根指頭，或把雙腿交疊起來的瞬間，她便能領略他的意思。

她始終認為，他把許多鞋子送進垃圾房的同時，也把他們之間僅有的聯繫丟掉。否則，在他失去工作之後，她看到他的身體擺出新的姿勢，培養了前所未有的習慣，她的腦子內就不會空空的，什麼都沒有。

他的話漸漸多起來，但全是她無法理解的言語，她便更珍惜那些有限的、他願意跟她接觸的時刻。當他像一團快要溶化的牛油癱軟在沙發上，慢慢地呷下一口啤酒，抓起一隻滿布泥污的鞋子，用力地擲向她的額角，她堅持不閃躲，因為痛楚會告訴她許多事情，正如她從不掙開他捏著她頸項的指頭，因為指尖迸出的力量和溫度，包含著所有他想說的話。

她感到憤恨的只是，不知從什麼時候開始，她失去了解釋那些密碼的能力，以致無法作出任何回應，只能每天都像呆子一樣坐在他的附近。

陳年最後只是記得那雙黑色的皮鞋，她瞥了它們一眼之後關上了門。男人終於躺在沙發上沉沉睡去，不知從什麼時候開始，她希望他永遠成為一件靜止的家具，但他用沙啞的嗓子對她說：你從狗的子宮長出來。你是個技巧拙劣的婊子。

*

陳年把門關上，發白的牆壁便把她嚴嚴實實地包圍。牆壁上有幾個巨大的水漬印痕，還有大小不一的灰黑斑點，組成了一道窄長的影子。她在牆壁上看見紫色大門房子內的沙發，沙發前的茶几和電視機，電視機旁的書桌，書桌上方的時鐘，時針指著下午五時，屋內的男人已經睡醒，從床上拾起一張報紙閱讀。她甚至能嗅到那房子熟悉的氣味，那氣味使她躺在單人床上，不久便陷進睡眠的深處。

她再次睜開眼睛，便看見正方形的窗外密鋪了灰白的雲層，而陳末站在床前。「離開這個骯髒的房間吧。」她環視了房間一遍後，建議陳年遷到那些臨時安置的房屋裡，但陳年說：「我正在適應這種轉變。」（在那些設備齊全的單位，我無法找到足夠的位置，安放那個愈來愈厚重的皮箱。）

陳末冷漠的眼神阻止她把話說下去，她站在窗子的左方，陳年坐在床沿，就在陳末打開房間的門，朝著走廊的盡頭走遠之後，陳年才開始懷疑，或許陳末早已想把那男人從她家中的沙發，搬到自己的家裡去，甚至在那紫色大門的房子被瓦礫活埋之後，她也想把殘留在牆壁上的印象帶走，就像她們年幼的時候，陳末總是游說陳年，自願放棄那些新買的衣裳，好讓她能把它們盡快穿到身上去。

*

陳年在一堵布滿霉點的牆壁上看見廚房的入口，餐桌上許多打開了的牛奶瓶和沒有清理的垃圾，食物的渣滓殘留在塑膠盒內，發綠的牛奶躺在杯子裡。那男人一直討厭棄置垃圾。紫色大門的房子將要在牆壁上慢慢地變得具體時，細碎而尖銳的叩門聲，像一列螞蟻從門縫爬到床沿，直達她的腳尖，向她的胸口進發。

戴著太陽眼鏡的服務員站在門外，他給陳年遞上兩張黃色的早餐券，對她說：「你住的是旅館內最便宜的房間，但仍可享有免費早餐的優惠。對我們來說，確保住客健康，跟確保旅店範圍清潔來得一般重要。」然後，他再塞給她兩張藍色的紙，告訴她，那是雜貨店的購物優惠券。

「但我不需要購物。」陳年用手掌格擋那兩張紙。可是服務員摘下了太陽眼鏡，直視她的眼睛說：「所有眼神空洞的人都需要通過購物來填補空虛的部分。」他告訴她，兩天前跟她一起入住旅館的四十六名住客，已先後到了那所雜貨店搜購貨品。服務員強調，雜貨店最新出售的一批貨品全都從大廈倒塌的意外現場挖掘出來。「貨品由拾荒者每天清晨從災場直接運抵雜貨店。」他把頭探進門內，上下打量她的房間，語重深長地勸喻她：「像其他住客那樣，到雜貨店選購貨品，重新布置自己的房間吧。」

陳年不得不把門關上。服務生的口腔散發出肉類腐爛的氣味，那種氣味隨著說話飄到空氣裡，被房間內的地毯和被褥吸收，那促使她產生一種想法——只有逃到室外，才能躲避房間內翳悶的氣氛。

＊

（我曾經每天都在巴塔大廈側旁的車站，等候一輛早上八時三十分開出的六五六號巴士，前往那幢玻璃幕牆的商業大廈上班。進入一個空調房間之前，必須把磁卡放在玻璃門前的感應器上，記錄我們到達的時間。最後一次乘搭六五六號巴士，我坐在巴士的上層，樹木和便利店溜過窗外，我想起那男人躺在沙發上沉睡的臉，像一個陌生的標本，然而他清醒的時間較多，他用沙啞的聲音喊叫：你從狗的子宮長出來。你是個技巧拙劣的婊子。窗外有許多黑壓壓的頭顱像潮水湧進車廂的入口。我記得他罵人的聲音像一把發鏽的刀刃，但無法弄清內裡隱晦的含意。車子駛至第八站，窗外是一所陳舊的雜貨店，頭髮稀疏的老闆坐在店門外翹起腿出神。那天，車子還沒有到達玻璃幕牆大廈，我便下了車，因為他們打電話給我說：「不用再來上班。」因為磁卡上顯示我有五次遲到的紀錄。我不知道磁卡的紀錄是否正確，自從我的手錶指針在下午五時四十分停頓了，每天早上，六五六號巴士駛向巴塔大廈，我便知道那是八時三十分。

根據當天的新聞報導，那天的九時二十五分，巴塔大廈突然倒了下來。）

＊

「歡迎參觀。」坐在店門外的老闆燃起一根菸說：「巴塔大廈的住戶有折扣優惠。」陳年推開雜貨店的門，便嗅到靠牆而立的木製貨架，發出油漆的氣味。五花八門的貨物胡亂地堆疊在貨架上，人們無法輕易地把貨架上的標籤和雜亂無章的貨品聯繫。店子是一條狹長的甬道，甬道的盡頭擺放了幾個寫著「高山鮮橙」的紙皮箱，紙皮箱被一團蒼蠅似的人群重重包圍。「這些貨品全都是今天早上剛剛從意外現場挖掘出來。」緊隨在陳年身後的老闆說。那些無精打采的人們像是失去了反駁和懷疑的力氣，溫馴地蹲在破舊的紙箱前，把頭臉湊近布滿灰塵和泥沙的雜物，雙手伸進紙箱內機械性地抓撥。

陳年把身子擠進一個肩頭和另一個肩頭之間的空隙，模仿他們的動作，雙手在雜物堆中用力地撩撥，她抓起了一個座檯鬧鐘，一綑電線，一條女裝短褲，壓壞了的太陽鏡，打火機，一塊餐巾，一隻塑膠杯子，一本日記本，一個洋娃娃，她把它們掏出又放下。紙皮箱堆滿了舊物，卻沒有紫色大門房子內的東西，而那些沾滿沙礫的物件，沾染著一種燒焦的氣味，使她湧起了嘔吐的衝動。

那天，陳年一直無法找到居住的大廈，她問那個穿著警察制服的女人：「巴塔大廈在哪裡？」那女人把頭轉向另一個方向，陳年沿著她的目光，看到一條瘦弱的紅白雙色膠帶圍繞著一個焦黑的範圍，瓦礫和碎片的尖角直刺向她，而燦爛的陽光以燒熔萬物的力量襲擊她的頭殼，就像飛機撞向大廈的中央。不知從什麼時候開始，密密麻麻的人們滿滿的站在她的四周，而受傷的人數眾多，就像一滴水流進了江河，任何一個人的傷口，也不會被發現。

「你究竟要找什麼？」老闆黝黑粗壯的小腿佇立在紙箱的另一端，紙箱四周只剩下零落的幾個顧客，陳年沿著小腿往上看，老闆正用一種發現死魚屍體的目光盯著她。

「我不知道。」她說。

「把你想到的東西填在表格內，」他吐出一口煙後給她一張紙：「要是我們從最新運到的貨品中找到近似的東西，會盡快通知你。」

＊

陳年始終認為，她再次走進雜貨店，並不是因為那表格，而是濕熱的氣溫，就像不斷溢出的熔岩，使她再也無法逗留在那長方形的房間內，而雜貨店卻陰涼如神祕的林蔭道路。

老闆看見她便開始抱怨：「陽光像洪水一般使人無從抵擋。」他把眼睛瞇成一根幼長的線，告訴她，巴塔大廈還沒有塌下來之前，阻擋了大部分難熬的陽光。「再也不會出現那麼寬闊的影子。」他嘆息。

然而陳年看見許多無家可歸的人跟著陽光走進來，他們都有著瘦削的臉頰，像等待下午出爐的新鮮麵包那樣，焦急地在店子內來回踱步，等待拾荒者把當天撿拾所得交給老闆出售。

老闆親自領著陳年穿過昏黑的甬道，抵達店子的盡頭，他指著那些紙皮箱說：「貨品的銷售情況說明，人們已漸漸從意外的傷痛中恢復過來。」老闆的眼神充滿憂慮：「巴塔大廈被完全忘記之後，這些貨品將會變得毫無價值。」他指示陳年留意牆壁的另一端，那裡站著一個年輕的男子。老闆說：「像他，這個在災場內撿到的人。拾荒者把他撿來這店子的晚上，我以為這是一件熱賣的貨品，必能以高價出售。可是日子一天天的過去，街上到處貼滿了尋人啟事，卻沒有人走進來瞄他一眼。」

陳年走近那男子，他茫然地張望著四周的環境，就像沒有發現任何一個人。她看見他有乾淨整齊的皮膚和頭髮，穿著白色的襯衣和長褲，眼睛、鼻子、耳朵、嘴巴和四肢的形狀，都是虛空的，乾涸得像一個沒有內容的玻璃瓶子。最後，她把視線停留在那雙布滿泥污的黑皮鞋上。

「把他帶走吧。」老闆以近乎哀求的聲音對陳年說。他告訴她，要是在這城市把巴塔大廈徹底地遺忘之前，還沒有任何人願意買下這男子，老闆只得把他和其他雜貨一併送到堆填區裡。

陳年確定這男子不曾在紫色大門的房子內存在過，但他卻是個被掏空了的人，從沒有任何事物像他那樣，令她感到清潔帶來的平靜。

老闆找不到一張足以把男子完全包裹起來的包裝紙，便用一根紅色的絲帶捆著他的左手腕，他把絲帶的另一端交到陳年手中時，低聲地告訴她，這店子即將進行清貨減價，而她是第一位顧客，能以折扣價購買貨品。

陳年的嘴角便朝上彎了起來，老闆無法肯定那是不是一個笑容。

＊

她把紅色絲帶捆在自己的右手腕上，就像幼年時牽著七彩斑斕的氣球回家，而他瘦薄的身子確實輕盈得彷彿沒有重量，她便產生了會跟著他飄到空中的錯覺。因此，她並沒有乘搭六五六號巴士，只是牽著那男子，從雜貨店步行回到旅館。空氣中已沒有燒焦的氣味，只是在熱毒的陽光下，白茫茫的煙霞始終沒有散去，每一個經過的途人，都把手掌或報紙放在自己的頭頂，陳年沒法肯定，是不是因為她一直拒絕這樣做，而感到呼吸異常困難，但窒息感並沒有使她更難受，因為正在修葺中的道路被起重機翻出了許多面積大大小小的坑洞，她必須小心翼翼才不會掉進那些深坑之中。

＊

「我必得先躺下來。」陳年帶著那男的進入旅館的房間，剛剛把紅色的絲帶緊緊地繫在窗櫺上，身子搖搖欲墜的男子已急不及待地提出要先睡上一會兒，他充滿歉意地說：「為了符合陳列品的要求，我一天到晚地站立，腰椎和兩條腿的疼痛早已令人無法忍受。」他無力地躺在白色的單人床上。

「好好地睡吧。」陳年以對著紫色大門房子內那男人說話的語氣，對面前的男子說。很久以來，她不曾使用這種語氣跟別人說話，她甚至沒能跟任何人暢所欲言地傾談，可是當男子倒在床上之後，她感到肚腹內的話突然一發不可收拾，而始終沒法弄清那原因，究竟是他的臉色酷似一堵牆，還是他在一種迷糊的狀態之中。

她對著累得緊閉雙目的男子，談及那個跟著巴塔大廈一併消失了的男人：「我不知道他的渴睡症是什麼時候開始，但他把自己的鞋子差不多全都丟光了之後，便常常躺在沙發上昏睡，除非他自己願意起來，否則沒有誰能喚醒他。他曾經那麼喜愛鞋子，每雙鞋子都包含著獨特的意義，他必須在不同的日子穿上不同款式的鞋子。他曾經對我說：『這樣我才感到自己真正存在。』他希望在他工作的環境裡——那所生產皮鞋的工廠，人們能從他的皮鞋開始認識他。可是，就在他穿著墨綠色皮鞋上班的那天，那裡的人告訴他最後一天上班的日期，是下個月第一個週一，他們已找到合適的人替代他。那人也能做他的工作，而且薪金比他更少。那天開始，他每天丟棄一雙鞋子，直至只剩下一雙黑色的皮鞋，有時他把皮鞋扔向我的臉，雖然他曾經是那麼有耐心的人，可以看著一隻蝸牛蠕動一個下午。」

陳年說話的聲線和速度，形成了一種近似心跳的節奏，使男子迅速滑進睡眠的最底層，那裡沒有意識，也沒有夢，灰黑混沌像生命的最初。

＊

「你的名字就叫江湖吧。」陳年給那男子命名。那男子側著頭想了一會說：「沒所謂，反正都會被我忘記，但你必須時常提醒我，我的名字是什麼。」

實在，陳年並不喜歡替任何事物起名，她習慣於跟隨別人的方式稱呼一個人或任何東西，但面對著那男子，她不得不這樣做。

接近黃昏的時刻，那男子因為飢餓而醒轉過來，當陳年問他：「你的名字是什麼？」男子的視線由天花板轉移到陳年的頭髮上說：「我忘了。」

「我能記住的事情不多，大部分的時候，只能記起昨天發生的事，偶爾，發生了非常特別的事件，三天後仍能記著，但更久遠以前的，便完全忘掉了。況且，已經有很長的一段時間，沒有任何人喊過我的名字。」

他蒼白的臉龐，使陳年再次想起一隻空空如也的玻璃瓶子。如果他是一件物品，陳年會打開壁櫥的門，把他藏進去，但他能依據自己的喜好，走到任何地方，甚至能輕易掙脫手上的紅色絲帶，她只能透過名字，辨別他的位置。

她只好重新為他起名，並且在往後的日子，每天最少喊他一遍「江湖」，等待他轉過頭來答應。

＊

為了紓緩江湖的飢餓，陳年把他帶到旅館二樓的餐廳，那裡正在進行紀念巴塔大廈的活動，推出了一系列治療哀傷的套餐。推廣期內，所有巴塔大廈的居民，都可獲得折扣優惠。

他們坐在窗子旁的椅子上，神情悲慟的侍者為他們送上一根白蠟燭。陳年看見餐廳內擠滿了許多愁苦的臉容，便選擇了哀傷一號套餐，但她無從知道，自己的內在有沒有足夠分量的憂愁消化那些食物。她的煩惱只是那所紫色大門房子的陳設、巴塔大廈的電梯和大堂、道路和牆壁上的塗鴉，不斷出現在她的眼前，使她感到頭顱四周的位置，彷彿蔓生了許多枝椏般疼痛，以致當套餐內那些色彩繽紛的巧克力、冰淇淋和各類以忌廉和奶酪製成的甜點送到她面前時，她逐一吃了進去，卻始終無法嚐到任何味道。

江湖卻興致勃勃地吃了起來，他專注地把食物送進口腔，然後咀嚼，在進食的過程中，他的臉面漸漸顯得紅潤而充滿光澤。

他把桌上的食物都吃光後問陳年：「你已經把我買回來了，那你要我做什麼？」

「一直穿著你的黑皮鞋，」她幾乎不假思索地說出：「盡量睡在一張沙發上。」

「這看來並不困難。」他便答應下來。

但她還沒有把話說完：「最重要的是，當一個陪伴者。」她解釋，巴塔大廈倒塌後，她居住的房子，還有跟她同住的人，都被壓在無數瓦礫、石塊和鋼筋之下，而且沒有人能把他挖掘出來。「沒有人再見過他，所以這很可能是事實。」她說，只要能找到一個人，填補陪伴者的空缺，生活便會恢復正常。

可是江湖的臉卻泛起憂慮的藍青色：「我不肯定能否成功地扮演一名優秀的陪伴者。」

「你會漸漸習慣下來。」她以冷硬的聲線安慰他。

他告訴陳年，並不是從來沒有當過陪伴者，但那是一次失敗的體驗，而且跟某個人的影子不可分割。「我已經忘了那個人是誰，現在我的腦內再也沒有關於那人的形態，連那人的性別也搞不清楚。」

他只能確定曾經跟那人同住。那天，天空的顏色和溫度並沒有任何異樣，他們乘車前往一個新落成的大型商場閒逛，那大型商場以「比迷宮更龐大」的口號作招徠。他們穿過一條狹長的走廊，兩旁是數之不盡的櫥窗，櫥窗內的東西卻一再重複地出現。「我不喜歡那裡的橙黃色燈光。」他說，可是當相同的模型店子再三出現在商場的角落時，他還是決定走進去。「店子內擠滿了喜歡模型的人，我必須把背包交給跟我同來的人，才找到足夠的空間鑽進去。」據江湖所說，他們甚至沒有道別，因為他從沒意識到那是一個分離的時刻。當他從模型店子走出來，熙來攘往的路人使他眼花撩亂，但並沒有任何熟悉的臉出現在他眼前。「我在店門外等了一個下午。」他告訴她，直至商場關門的時候，他才慢慢地認清了那個跟他同住的人已經丟下了他的事實。他點算損丟了的東西，包括一個人、一部手提電話、錢包內的一切、少量現金和鑰匙。

「換句話說，那時候，我身上已經什麼都沒有。」他說，他沒有零錢乘車，沒有電話可以致電給別人，也沒有鑰匙打開那扇已經關閉了的門。他只能沿著巴士的路線一直向前走，終於走到一個完全陌生的地方。

「你到了哪裡？」陳年問。

「我不知道，或許我已經忘記了。唯一肯定的是，必定是因為被甩掉的緣故，我才會在巴塔大廈附近溜達，最後被拾荒的人撿到雜貨店出售圖利。」江湖的眼神洩露了罕見的憤怒。

「事情的經過已經不再重要，反正你不是什麼都忘掉了嗎？這已經是很久之前的事。」

「是的，我已經忘了。」他回復了原來的茫然。

陳年再次感到他內裡什麼都沒有，這種虛空像一種寧謐的氛圍包裹著她。她說：「無論如何，你的工作已被編排，就是擔當一個陪伴者。」

＊

服務員把舊沙發從儲物室搬到陳年的房間時，雨突然兇狠地下了起來，他們坐在房間內，清晰地聽到雨點敲打玻璃窗的聲音，那聲音擾亂了空氣中的安寧。

服務員和江湖合力把沙發安放在窗子的下方後，房間內可以活動的空間更少。服務員問陳年：「這個就是將要躺在沙發上的人嗎？」她並不作聲。服務員便想起前一天的黃昏，她走到接待處，請他給房間添置一張沙發。他問她：「你需要一張怎樣的沙發？」她說：「一張可以讓成年男子躺在上面睡午覺的沙發。」

服務員表示會盡量配合她的要求，「但那只是丟在儲物室內的舊家具。」他一再說明，旅館內根本沒有任何多餘的家具。

服務員進入那房間後，臉上流露出幸福的神情，仔細地把四周的牆壁都審視了一遍後，站在沙發旁，對陳年說：「看，這房間已差不多是一個家的模樣。」他鼓勵陳年考慮在這旅館內一直住下去：「我在這裡工作了差不多二十年，那些喪失了妻子、情人、父母、丈夫、子女或職業的人，還有剛剛從監獄裡被釋放出來的人，他們到這裡投宿時什麼都沒有，卻不約而同地在這旅館居住期間，找回工作、情人、配偶和身分，他們在這裡重新組織家庭，由單人房遷到高級客房、雙人房、商務客房或家庭套房。他們工作的地方就在附近，子女在這裡逐漸長大，便再也沒有離開這旅館，不少人更在這裡終老。」服務員看著陳年，再轉過頭去看看江湖說：「這旅館是度過餘生的好地方。」

陳年目送帶著欣慰笑容的服務員離開了的那房間後，轉身對江湖說：「以後，沙發就是屬於你的位置。要是你感到睏了，便躺在上面睡覺吧。」

江湖始終沒有告訴陳年，大部分的時候，他並不容易產生睡意，雖然他經常感到疲累，但能進入熟睡狀態的時候卻少之又少，他倒是常常處於清醒和夢境的縫隙之間，只有在陳年滔滔不絕地對他說話時，他的身體能完全放鬆下來。他相信，陳年必定認為他已經睡去了。

暴雨停歇之後，他躺在沙發上，陳年的聲音便像浪那樣不緩也不疾地傳到他的耳膜，他的腦袋是一片空曠的田原，只有她的說話在迴盪，非常接近一個夢。

＊

「最近我才想到，房子內那男人的改變並非完全沒有先兆，只是當時我沒能察覺，或當作那是尋常的事情。就在他被工廠辭退的數個月前，屋子內總是瀰漫著變壞食物的氣味，因他從不注意垃圾箱，像垃圾箱那樣的一件家具，好像從不存在那樣。那裡曾經堆滿了吃剩的骨頭、發臭的肉類、蛋殼和果皮，超過一星期而沒有人處理。當我發現一大團黑色蒼蠅圍著垃圾箱的上方亂飛時，他正在專心致志地閱讀頭條新聞，而那種令人沮喪的腐臭已充斥了屋子每個隱蔽的角落，可是他一點感覺也沒有，好像這種氣味從不值得令人驚訝。我一再想起那天，離家兩星期，再回去的那天，打開大門，他坐在客廳中央的沙發上讀雜誌，棕色、巨大、背部發亮的蟑螂爬滿了整個地板，牠們列成了一隊隊伍由牆壁跑到天花板，還有兩頭肥大的老鼠，拖著尾巴爬向沙發的扶手。我大聲叫喊他，他抬起頭來，臉上甚至沒有憎惡的表情，只是捲起手中的雜誌驅趕了兩頭老鼠後便安慰我說：『別擔心，情況並不嚴重。』我應該更早地想到那些老鼠和蟑螂給我的暗示。」

陳年認為，酣睡中的人們，聽覺變得更靈敏，他們甚至能聽到，那些她沒有說出的話。她在等待一個時刻，江湖會從夢中醒來，拾起其中一隻黑色的皮鞋擲向她的臉，她便可以朝著他用力地喊出，為什麼。在她的假設裡，她會一遍又一遍地呼喊，為什麼，而不感到疲倦。可是江湖總是安分地把黑皮鞋穿在腳上，只有在睡覺前才脫去鞋子，把兩條腿擱在沙發的把手上，讓赤裸的腳掌垂掛在空氣中。

只有一次，江湖從夢中醒來問她：「那紫色大門房子內的人是誰？」

陳年說出那男人的名字：「江湖。」

＊

她不能肯定，江湖的夢遊症，跟她所說的話，有沒有關係，她甚至不能肯定那是不是一種夢遊症，只是江湖焦慮的腳步聲把她從夢中硬拉進現實的次數愈來愈頻密。「我要到一個地方。」他往往會看著陳年微微張開的眼睛，重複地說：「現在就要去。」語氣中沒有商量的餘地。

終於她穿上衣服，打開了那房間的門，走在他身後。他的肩膀窄小，背部瘦削得像一片刮刀，當她把視線從江湖的背部轉移到交通燈和斑馬線的時候，她發現自己已經進入了一條陌生的後巷中，她看見麵包店的老闆站在巷子的中央抽菸，發鏽的鐵門寫著「不准進入」，空調噴出令人難耐的熱氣，坐在小凳子上的女人面前的紅色膠盆放滿了髒碗，她正用戒備的眼神看著他們。跛腳的貓躺在路旁歇息，牠並沒有發現，一盆滿是泡沫的水正傾倒在路上，向著牠慢慢地擴展開去。

江湖指著巷子的盡頭說：「在那裡。」那是六五六號巴士的總站，剛好有一輛車子停著，他們走進車廂內，在靠窗的座位坐下，車子發動的時候，江湖開始告訴她，關於那幢大廈的事情。

「第一次丟了工作之後，我就想去旅行一趟。雖然對於別的城市，我並不抱持任何希望，但那確實是一個流行旅遊的時期，無論跟任何人碰面，話題總是離不開旅行，他們會從口袋裡掏出一疊上一次旅行時拍攝的照片，喜孜孜地告訴你，他們一共遊歷了多少個國家，同時跟你討論下一個旅行的目的地。他們每天上班和下班，然後把賺到的錢在旅途上花光。我第一次想到旅行，但沒有足夠的金錢，我瘋了似的想去旅行，腦中沒有清晰的目的地，只想到遠方。當我想著旅行想得身心疲乏，便乘搭一輛車子，車子經過幢大廈，那是這個城市最高的一幢大廈，即使我仰著頭，也無法看到頂層，太陽像火那樣兇猛，使我的眼睛完全睜不開來，就在那時候，我想到目的地，沒有比那幢大廈的頂層更遙遠的地方。」

「你到了那裡？」陳年問。

江湖把頭搖了搖。「沒有人能進入頂層，除非得到管理員的鑰匙。我到了最高的防火層。」

「你在那裡逗留了多久？」

「一個月或更久，我忘了。」他把視線停留在窗外的巴士站，人群像魚潮那樣湧進車廂內。「只要保持鎮定，混在住客的身後進入大廈內，便能輕易逃過管理員的查問。」

「那是一個怎樣的防火層？」這時候，陳年看見雜貨店的老闆站在店子外出神，她並不感到驚訝，畢竟那是一條熟悉的路線，雖然她曾經以為路線已經變得面目全非。

「那是一個遠離繁囂的防火層，在一百層的高空上，車輛和行人像浮雲那樣，都在離我很遠很遠的地方。」車子駛往第十二站的時候，江湖突然拉著陳年，急急忙忙地下車。

車子在一片荒蕪的空地前停下。他們下車，走近那個被紅白雙色膠帶圍困著的範圍，本來焦黑的地面被泥濘取代，空地上有幾個形狀各異的水窪，流浪狗不時舔了舔水窪內的水，然後互相追逐，更遠處停著起重機和鏟泥車。

「就在這裡。」江湖說。

陳年彷彿再次嗅到燒焦的氣味，那氣味穿過鼻膜直達她的神經，引起她的偏頭痛。後來，那樣的偏頭痛每次襲擊她，她都向醫生解釋，疼痛的來源是一輛飛機，那時候，她便感到自己又回到那扇紫色大門之內。因此，對於偏頭痛，她總是逆來順受。

「你曾經住在這裡？」陳年試圖確定。

「在大廈還沒有塌下來之前。」

「這裡距離那商場有多遠？」

「哪一個商場？」

「你被丟棄的那個。」她試著喚醒他的記憶：「你告訴過我的那商場。」

「我忘了。」他說。除了不耐煩，她再也無法在他的臉上看到更多東西。

*

當陳年看見陳未站在房間門外時，她想不到任何理由阻止她進入房間內，只能眼巴巴看著她從容地走進房間內，就像進入了自己的房子，把手袋隨意掛在門把上，坐在床沿問陳年：「還沒有打算離開這裡嗎？」陳年搖了搖頭。

陳未便肆意地打量房間的每一個角落，從大門、天花板、地板、窗框和沙發，然後她發現了躺在沙發上的人，驚訝地問：「那是誰？」陳年說：「從雜貨店買回來的陪伴者。」

她看見陳未向她說話的時候，眼神內充滿惋惜：「已經跟你說過多少遍，在這段時間，你根本不適合買下任何東西，不久後你便會發現，這全是錯誤的投資決定。」她走到沙發前，凝視著江湖好一會兒：「何況這是一個人。你不應該把保險賠償金用於飼養一個陌生人。」她走到陳年的身旁，環抱著她的肩膀，溫柔地勸喻她：「賣掉這個來歷不明的人，然後離開這個房間吧。我的房子有一個房間空置著。」她堅定地作出保證：「只要你願意，便可以半價租住那房間。」

陳年說不出任何話，只能順從地看著陳未拿起手挽袋，回頭看了她一眼，嘆了一口氣便走出了她的房間。陳年聽到她的嘆息，就像一個人從高處墮下的聲音。

＊

以往，陳年總是認為，陳末每一次探訪她之後，便會順理成章地帶走一點什麼，雖然她找不著任何實際的證據，而且搜遍了整個房間，也沒發現任何損失。可是那一天，陳年幾乎能肯定，陳末離開的同時，也帶走了房間內的一切。

陳末步出了房間後，清晨的微雨便把潮濕的空氣帶進室內。陳年被一層黏滑的薄膜圍困，窗外是白茫茫的霧。江湖已經醒來，他呆坐在沙發的邊緣，對於陳年的叫喚充耳不聞。

無數綿密的水珠爬在大門和窗子上，當陳年走近窗子，她發現牆壁上密密麻麻地鋪滿的霉點，已經不動聲色延伸至地板。她再走近一點便看見無法細數的裂縫和剝落的油漆，白色的粉末掉落在地上。

她凝神細看那牆壁許久，始終看不到紫色大門房子的蹤影。

「那堵牆在一夜之間完全改變了。」陳年對服務員說，他只好回應她的要求，把房間裡裡外外地檢查了一遍，最後得出結論：「房間跟你住進來的時候完全相同。」

「這堵牆壁產生了明顯的變化，對我來說，這再也不是一堵熟悉的牆壁。一切都使我感到不自在。」陳年以求助的眼神看著他。

他只好安慰她說：「請放心，旅客居住期間，旅館不會隨意進行裝修或任何翻新工程，也不會更改房間內的擺設。」

就在陳年準備再次提出請求之前，服務員突然想起「接待悲傷旅客」守則第十一條：「保持微笑，切勿打擾，確保客人獨自留在房間內。」他便向陳年作了一個停止說話的手勢，然後帶著淺淺的笑意走出那房間。

於是，只剩下江湖能證實牆壁的轉變，她朝著那個像刮刀一般的背部呼喊「江湖」。最初，她認為是淅瀝的雨聲淹沒了她的呼喊，可是當雨停下來，那個背部仍然紋風不動，她開始懷疑，已經無法以名字來辨認那個人。

她撿起了陳末遺在床沿的照相機，給江湖拍下正面、側面、背面和全身照，又把天花板、破舊的牆壁、沾滿雨水的窗子、地腳線、白色的被褥都拍攝進鏡頭內。最後她躺在唯一的單人床上，發現天花板低矮的長方形房間，恰好像一具雪白的靈柩。

＊

服務員始終不願意相信，牆壁是導致陳年遷走的原因。他記得那天，即使她堅稱：

「必定有人在我們都睡去了之後，把牆壁悄悄地撤換了。」他的臉上仍然保持禮貌的笑容，並建議她留在房間內：「說不定牆壁會慢慢回復原來的樣子。」在他的想像裡，自己的笑容沒有任何可以挑剔的地方。

不久，陳年走到接待處，要求借用旅館內的手提電腦，服務員臉上仍然保持著相同的微笑。「請給我一部可以連線的電腦。」陳年說話的時候，他清楚地看見憤怒的神色已從她的臉上褪去。

那段日子，四十六名住客先後離開了旅館，旅館內幾乎沒有任何人，服務員每天都花上很長的時間，坐在接待處的椅子上，經常不自覺地陷入沉思的狀態中，想起陳年坐在旅館大堂的沙發上使用電腦的下午，天空陰翳得使人昏昏欲睡，他努力地推敲電腦、牆壁和搬遷之間的關係，卻無法得出任何結果。

他最後一次看見陳年，她走到接待處，清還房間的租金和鑰匙，他對她說：「你再也不會找到更適合的房間。」她的嘴角便朝上彎了起來。

*

「那時候，我進入了一種無重狀態。」傍晚時分，江湖終於想起自己的名字。他轉過身子，面向陳年解釋無法聽到她呼喚的原因：「所有的東西，包括我自己，都離我非常遙遠，就像置身在另一個宇宙，回看這個星球，一切都顯得不真實。」

他從陳年的臉上看到一抹熟悉的淡漠，他曾經在不同的臉上看到相同程度的淡漠。「我無法控制自己跌進這種狀況之中。」他竭力說明，第一次丟了工作之後，陸續找到不同的工作，可是當他重複地進入空白的狀態裡之後，他們各自以不同的理由把他辭退。「我已經忘記了，曾經幹過什麼工作，只是每次申請工作之前，把履歷表掏出來，才會發現那些陌生的職銜，令人難以推斷工作的內容。」

然而陳年保持緘默。對江湖來說，這種反應似曾相識，他卻始終想不起，以往那些故意沉默的人，最終對他作了什麼。

「大廈倒塌後，我失去了全部的履歷表，再也想不起曾經幹過的工作，也無法告訴那些聘請員工的人，我以往的時間花在了什麼地方。」江湖察看陳年的反應，發現她的神色冷淡得像一杯無味的開水，他不由得加快了說話的速度。他清楚知道，必得在她完全失掉興趣之前，把一切說出來。

「我只能進入重新培訓技能中心，在那裡，他們給我少得不能再少的薪金，讓我學習修理水管、清潔沙發、烹調和駕駛技巧，以打發無聊的時間。三個月之後，他們對我說：『現在你可以去找別的工作。』可是我的履歷表已經丟失了，我把錢花光了之後再回到那裡，他們再次給我少得無法計算的薪金，讓我學習清洗汽車和抹擦窗子的技巧，不久後，他們再次要求我到別的地方找一份工作，他們說，要是一直無法找到的話，便只能進入這城市的循環再用系統裡。」

「一旦進入了那系統，即表示可能會被任何一個不相干的人無條件地使用，直至被厭棄。」江湖憂心忡忡地說：「我害怕終於會進入那系統之內。」

她只得提醒他：「失去記憶的人，總是有特別的用途。」

＊

令陳年感到意外的是，她把江湖的照片上載到拍賣網站後不到一小時，競投江湖的人便不斷湧現，他們開出愈來愈高的價錢，她卻從來不曾告訴江湖，他的價值是什麼。

她只是在入睡前向江湖提及：「明天，我們要離開這裡。」

「為什麼？」江湖的聲音，在陳年聽來，有點像狗隻瀕死時的哀號。

她始終想不到一個比較適合的答案，後來，她聽到自己說：「因為悲傷優惠期已經過去。」自從牆壁布滿了斑駁的疤痕，每次她試圖從中尋找關於紫色大門的房子和那男人的印象，身體內不知名的部分，總是傳出隱約的痛楚。

她決意隱瞞他，當她坐在酒店大堂的沙發上，把他的照片上載到網站去，網站上林林總總的貨品，包括二手衣服、書桌、首飾、皮包和鞋子，只有江湖是一個人，她詳細地描述她所知道的，關於他的一切。

「陪伴者，男性，不吸菸，健康狀況良好。身高一七九公分，體重五十公斤。善於遺忘，食量少，睡眠時間長。說話及聆聽皆無障礙，記認自己的名字有輕度困難，須每天提示。身型偏瘦，可隨意放置於沙發或窗台上。

使用後評級：★★★★★（總分為★★★★★★）

備註：只限地鐵站沿線交收，見面付款。」

她留下了自己的電郵地址，點選「傳送」鍵後，關於江湖的照片和文字便在她眼前失去了蹤影。

＊

陳年一直盯著天空，最初，那裡並沒有任何亮光，只有無盡虛無的白，漸漸變成模糊的淺灰，雲層褪成清淨的藍之前，太陽的光線愈來愈猛烈，使她發痛的眼前布滿了許多不實在的斑點。

她讓江湖穿上白色的襯衣和灰色的褲子，在他的左腕捆上紅色的絲帶，對他說：「我給你找到新的工作。」她牽著江湖走到街上，發現高溫使人無法正常呼吸，就像置身在一鍋沸騰的熱水中。

「這一切很快會過去。」她努力要補救什麼地說出，只要一直向前走再向右拐，地鐵站的入口便會出現在眼前，但在她的腦海裡，江湖的輪廓已漸漸淡化。

「我們要到哪裡去？」江湖不安地問她。當她看著江湖的側面，發現他眼裡的焦點落在很遠的前方，因而認為他已洞悉了一切。

在她的預期裡，她會把他帶到黃色的地鐵站內，在二號月台等待一個穿藍衣的人，那人會向著他們走過來，但眼睛卻只是注視著江湖，他繞著江湖走一個圈子，確定江湖的品質可以接受之後，便把鈔票掏出來。

她早已下了決定，把紅色的絲帶交給穿藍衣的人時，不會回頭再看江湖，因為她打算把旅館的房間退掉之前，要躺在那狹窄的單人床上午睡，她能肯定，當她醒來之後，關於江湖的印象，還有巴塔大廈都會逐漸褪減成了一顆不容易察覺的小黑點。

「請答應我，」陳年最後一次懇求他：「今天下午三時，躺在床上午睡。」

他們進入那個黃色的，幽暗洞穴似的地鐵站入口之前，江湖終於點了點頭，看著她的目光漸漸變得異常堅定。

感冒誌

倖存的人在一次漫長的感冒中醒來後，全都發現市街的風景轉變了。

「我無法清楚地解釋那是一種怎樣的變化，只是街上的人那種呆滯的神情改變了，或許只是急促的腳步慢了下來，或微笑的方式轉變了，還是身體語言的問題，我不知道。外面是一種奇怪的氣氛。」

房間內第一個把頭探出窗外的人說出這句話之後，病人紛紛支起身子，離開了自己的床，輪流站在窗前，觀察窗外一條擠滿車輛的馬路，但沒有一個人能說出任何話。

「或許起了變化的只是我們。」當寂靜的空氣像水銀那樣，沉進我們的皮膚內，令人快要窒息時，終於有人說出這句使我們安心的話，並且得到幾個人的回應。「是的，或者是我們自己變了而已。」他們說，當中夾雜了一點笑聲。那意味著我們終於可以變回原來的樣子，或截然不同的另一個樣子，最後成為外面世界的一部分。

事實上，我們的改變必定比自己所知道的還要多。自從空氣中病菌的含量漸漸增加，透進了城市的每一個角落，從一個城市飄到另一個城市，滲入了我們的唾沫、呼吸系統、血液，甚至分泌之中，有些人死去，另一些人被送進這所氣味刺鼻的建築物，為數不少的病人感染併發症，另外的人服食了大量藥物，原因不明地活了下來，變化便無法挽回地展開了。人們真正懼怕的或許並不是死亡，而是某種身不由己的改變。

「與我們熟稔的人，還能認出我們嗎？」鄰床的病人在黑暗中發出了這樣的問題，他說出了我們的困惑，但沒有一個人能解答他。困惑的感覺因護士而起。那天下午，被白色口罩遮去了半張臉，只露出一雙眼睛的護士走進房間，告訴我們，必得在明天中午前離開這裡。她短促的話就像一道命令：「你們已經康復了。」睡在房間角落的病人隨即叫喊：「可是體內的病菌已清除了嗎？我們可以通過出境關卡，回到原來的住處嗎？」

「這裡已經沒有多餘的病床。」這是護士轉身走出房間之前，給我們唯一的回答。房間的門被關上了之後，室內顯得更陰暗。夜裡，是不安的氣氛，而不是疼痛的關節，使我們難以入眠。我想起家裡那頭黑色的貓，牠總是喜歡睡在我的床上，那所只住著我一個人的房子，電燈維持一種微弱的光度，床褥是一種熟悉的硬度，沒有多餘的聲音，也沒有陌生的氣息，但不知打從什麼時候開始，我寧願留在這個充滿消毒藥水氣味的房間內，跟另外七個話不投機的人睡在一起。

「或許，只是過量的藥物和消毒劑，削弱了我們的免疫力，才會令人覺得一切都好像面目全非了。」過了很久，睡在我對面的人這樣說，另一個人也說：「離開這裡之後，我們便會回復從前一般強壯。」

入睡之前，我想，驅之不散的憂慮，或許只是患上來歷不明的感冒後，一種尋常的後遺症。

「感冒的源頭已被發現，那不是沒有來由的疾病。」主診醫生坐在溫度過低的房間這樣說。

改變或許是從我注意到這個城市僻靜的角落，藏著許多灰白的建築物開始。結束旅程之前的一天，持續了一個多星期的咳嗽和眩暈慢慢地變異，咽喉的疼痛膨脹得比我身處的世界更大，我進入了一輛計程車，卻無法說出醫院的正確位置，只是任由駕車的人把我送到他認為我該去的地方。他們把我抬進一個只有一扇窗子的房間，脫去我的衣服，在我的身體插上各式喉管，直至皮膚布滿紫藍色的瘀痕，每天在固定的時間，給我吃不同顏色的藥物，並以他們的方式抹擦我的身子，而我感到一切順理成章，既沒有什麼不好，也不可能存在更好的。這必然是藥物的功效，我看著主診醫生方形的眼鏡，便肯定了這一點。

「孤獨的人總是容易染上頑強的感冒菌。」主診醫生解釋，即使體內的病菌暫時受到控制，但不代表已經康復，還有超過一半的機會復發，只有改變生活習慣，才有痊癒的可能。

「經常處於孤獨狀態的人，免疫系統混亂，他們的身體便成了各種疾病潛伏的地方。」他像背誦一節課文那樣，描述關於細菌的事情。他的身後有一堵雪白的牆壁，牆上掛著色彩奪目的海報，有一張繪畫了人體的橫切面，羅列了不同的器官以及它們的名稱，另一張標示了幾種預防疾病的方法，包括洗手、漱口和戴上口罩。我隱約感到醫生話裡的道理。

「只有加強人們的關係網絡，才能使感冒停止蔓延。」醫生說話時的力量，使我的耳朵產生不真實的鳴響。護士帶著我離開他的辦公室，走進另一個房間辦理出院手續。他們給我發還入院時的衣服，再把一個從不屬於我的白信封塞進我的手裡。

「處於康復期的感染者，沒有一個會回到原來居住的城市，沒有人可以肯定那裡藏著多少致命的病菌。」護士把醫生的話再說一遍後，把信封內的鑰匙掏出來：「我們已為你預備了新的房子，那裡除了基本的家具，還有一個父親、婆婆、丈夫和弟弟。」她寫下了新居的地址後，再三叮囑我：「在那所房子裡好好休養，沒有什麼比健康更重要。」

我穿著沾滿醫院氣味的毛衣，握著白信封，走過狹長的走廊，走廊盡頭是一點光，光的所在是一個露天停車場，停車場之旁是一條車子川流不息的馬路，那裡是醫院以外的世界。

我站在馬路中央的安全島上回過頭去，發現給我送藥的護士、辦理手續的護士、主診醫生和清潔工人都在走廊盡頭向我揮手。他們揮手的幅度一樣，狡黠的眼神也有一點相像，我忽然懷疑，他們根本就是來自同一個家族裡的人。

要是那天我對醫生說出一個假的過去，那麼醫生便不會在白色的病歷表上填上密密麻麻的字，配藥的護士也不會給我一瓶粉紅色的藥水，昏昏欲睡的感覺就不會不斷增生和蔓延。

「我也有一些跟我面目相像的人。」我在寒冷的房間說出這句話之後，便感到從不認識自己。當我湧起離開的衝動時，便發現門已經被鎖上，而我的身子從不曾動彈。「我們曾經一同居住在S地的陳舊樓宇裡。」我張開了口，一切便不可收拾。必定是留院期間養成的習慣，我時常主動伸出手臂，讓他們把各種液體注進我的血管內。

「那是久遠以前的事。」我告訴他們。

就像悠長的冰河時期還沒有來臨時，某些可能並不存在的東西。我經常想起地球上的最後一頭恐龍，牠的餘生是怎樣度過。那是我向母認真地提出的一個問題，源自她出走前帶我去看的一齣科學紀錄片。

她把頭偏向一旁，臉面便淹沒在陽光的陰影中。「我必得離開這裡，」她耐心地向我解釋：「就在家裡的必需品快要用光之前。」

那時候我們站在道路的中央，正要前往不遠處的一所超級市場。母對於物件的消逝擁有異常敏銳的觸覺，當我們周而復始地吃飯、看電視、閱讀過期的報章、穿著去年的衣服出門赴會時，她總是能準確地判斷浴室裡的洗髮精、冰箱內的凍肉、餐桌上的水果、洗手間內的衛生紙、抹擦身體的毛巾，還有瓶子裡的蒸餾水等快要不敷應用的事實，便會展開一次前往超級市場的旅程。家裡那些彷彿生生不息的日用品，曾經令人以為，時間從不曾過去，我們將會一直以相同的姿態，跟從不改變的對方，在同一所房子裡，日復一日地過活。

當我開始懷疑那是一種錯覺的時候，母坐在飯桌的另一端。電視內的新聞報導員說出「再見」之後，她向我們宣布：「我必得離開這裡。」我只是直視她的臉，突然發現，皺紋和毛孔從不曾爬上她的臉，可能只是因為她總是能把各種護膚霜及時塗在皮膚上的結果。

「到哪裡去？」父提出了唯一的問題。「這房子的一切都用光之前，必須離開。」她說連她自己也不知道目的地是什麼，「這將會是一次漫長的採購過程。」她補充說：「我會跑到不同的地方去，蒐集這屋子內所有短缺的物品，成功購買這些物品之前，也不可能回來。」

妹妹說：「但這裡根本什麼都不缺。」

母便開始對我們訴說那張冗長的、關於欠缺的購物清單，包括逐漸龜裂的牆壁、因潮濕而霉爛的地板、發黑的毛巾、布滿蜘蛛網的天花板、缺頁發黃的書、不夠冷的冰箱、壞掉的門鎖、早已無法運作的洗衣機、碎裂的玻璃窗、太暗的燈光、存款數字低於規定的銀行帳戶、冬季時過冷的室溫。她瞟向父的額角說，愈來愈稀疏的頭髮、愈來愈少的聲音、很久沒有響起的電話、眼睛裡的恨意。她的眼神掃過妹妹的臉，最後落在我的身上，但並沒有說出什麼。

我便感到飢餓，在沒有聲音的氣氛之中，擱在桌子上的飯菜表面凝結了一層油分。母的話不足以令人相信，但沒有誰再說出反駁她的話，或許是飢餓帶來的疲憊，也有可能是房子內所有東西都那樣陌生，除了聽命於她，我再也沒有別的選擇。

而且，她是那麼無微不至的母親，早在一個月前，我們一無所知的情況下，已在街角的超級市場預訂了一個暫代她位置的女人。「那女子年輕又美豔，是剛剛從南面城市來的人。」她盯著父光滑的額角說。自從這裡的關口開放了以後，從南面城市來的移民愈來愈多。誰都知道父每個星期三晚上跑步之後，都會溜到超級市場觀賞那些身體豐腴如新鮮牛油的甜美女子。

「再說，價錢出乎意料的合理。」母說，她跟對方簽訂了為期三年的合約，這段期間，那女人將會替代她履行作為母親的一切責任。「我已告訴了她，家裡一切的雜物的擺放位置，各項帳單的繳付時間，你們每個人的性情、習慣和口味等。」母作出了這樣的承諾：「一切不會有任何改變。」儘管母的聲音聽起來是那樣的低啞而不實在，我還是收下了她在晚飯後交給我的單據，那上面訂明，貨物在保用期內可享有免費更換服務。

我已經完全忘記，如何適應母出走之後的缺口，或許那裡從不曾出現任何缺口，只是在某一天，我走進廚房，拿一杯開水的時候，忽然發現坐在沙發上的女人，穿著母的家居服，梳著跟母一樣的髮型，塗上母的紅蔻丹，散發著母慣用的沐浴露氣味，唯一不同的只是她臉上的笑容，那時候，屬於母的淺灰色影子才會像一陣突如其來的風經過我。

母其實從不知道自己的功能是什麼。「正如栓塞之於瓶子。」那天，妹妹提出了這樣的比喻。

母在這所房子消失以後，秋天的氣息便滲進來。持續炎熱的日子曾經令人以為，秋季永遠不再來臨，因此當乾燥的風再次刺激我們的鼻子和毛孔時，我們嗅到空氣中的鮮甜，一切都彷彿存在著轉機和可能性。或許與季候風無關，只是父看著我的眼神顯得日漸迫切。

為了安慰時常陷入冥想狀態的父，妹妹經常對他說：「就當作是你最大的女兒成年後遷出，這不過是早晚會發生的事情。」她的話不但喚回了他的思緒，也使他的目光，從天花板不斷蔓延的蜘蛛網，轉移到我身上。

也有可能與父無關，只是步入了青春期以後，我的身體內便有一個失控的時鐘。時針開始運行，腥氣便無處不在。我本來就不喜歡接近屋子內的人，指針跳動的聲音總是使我的頭部隱隱作痛，我更不想接近任何人。

替代的女人在房間熟睡的下午，我的時鐘指向「離開」。我向坐在窗前發呆的父提出交易的條件：先把從那時開始直至我成年的生活費交給我，我答應在十年內分期攤還，利息以當時銀行的利率計算。我想，他大概不會找到抗拒的理由。確實，沉默的父只是把眼光投向對面大廈其中一扇窗子之內。

那幢大廈狹長而高聳，使我們看不見更遠處的海，而每一層只有兩扇窗子，每扇窗子之內都住著一個孩子，沒有任何人陪伴的孩子。我曾經花了許多時間，猜想那扇窗子藏著一個怎樣的世界，直至我提著皮箱，走進位於蔬果批發中心對面，一座深灰色筆直如管道的大廈，把鑰匙插進一扇大門的匙洞內，才漸漸知道可能並不完整的答案。

我住在第八層，每層有三個長方形的房子。住在右鄰的人，比我小三歲，他的父親在他七歲那一年對他說：去。走得遠遠的。住在左鄰的人比我小五歲。他剛懂得乘車到最遠的車站和付款購物，父母便帶他進入這所僅僅容得下一個人的房子，留給他一柄鑰匙，他的獨居生活便正式開始。我忘了是住在左面的人還是右面的人說出這樣的結論：只有那些能獨自解決問題的人才能適應時代的轉變。

我把門開啟，內裡是一個細小而明亮的房子。我可以把牆壁髹上任何顏色，或把身子藏在任何角落，不說話，而且不讓任何人走進來，即使他們在外面不住叩門。只是每次我把臉面貼近廳子中央的玻璃窗，便會感到自己置身在一根透明的試管內，外面是過分耀眼的燈火。

紀錄片中出現的恐龍，出生在遙遠的白堊紀時期，在那裡，我碰見牠。

「你們當信任醫生。」護士說。

我曾經以為，早在我踏進屋子之前，那些偽裝成父親、婆婆、弟弟和丈夫的人，已經待在那裡，就像示範單位內相同系列的陳列品，坐在沙發上，隨著我的腳步聲一同轉過頭來，臉上浮現相似的神情。

然而，褐色的沙發上並沒有任何人，只有四扇緊閉的棕色的木門。有一扇門面向沙發，另一扇門面向牆壁，也有一扇門藏在隱蔽的角落，緊挨著另外一扇窄小的門。只有一扇接近出口的門朝我敞開著，那裡有兩隻沾滿油污的窗子，窗外是鄰居的水管，還有冰箱和煮食的爐具。冰箱內滿是雞蛋、凍肉和蔬果，我的胃部便湧起暖和的感覺，那使我認為，冷硬的大理石地面，並不會妨礙入睡。而且，當我把臉湊近滿是污跡的窗子，便可以看見對面大廈的窗子內，一個女人瞪著眼睛看我，使我感到已回到S地，那個如一根試管般熟悉的小房子。

我便走進廚房的內部，把門像別的門那樣關起來。

「請給我一些雞蛋，讓我使用那個鍋子，只是一陣子。」站在門外的瘦弱男子先提出交換條件，他容許我躺在他的床上，使用他的被褥。「只有柔軟的床鋪才不會加劇腰患。」他尖削的眼神似是看穿一切，但沉重的呼吸卻曝露了他異常飢餓。

我便帶著速食麵和蔬果，站在一扇藏在角落的裡門前叩門，跟占據盥洗室的中年女人討價還價：「讓我獨自使用浴室半小時，這些都是你的。」可是女人冷漠地把頭搖了又搖：「這並不足夠。」她提議讓她到廚房自行選擇食物。

幸好住在書房的少年唇乾舌燥得需要飲用大量開水。他答應讓我任意使用書房內的電腦和電話，只要我為他源源不絕地提供清潔的食水。

只有睡在客廳的老男人要求我們每個人都給他一點好處，而他的理由似乎無法輕易被推翻：「知道嗎？你們一天到晚在這裡走來走去，從一個房間走到另一個房間，使我的精神總是沒法好好地集中在一點上，準確地點算這屋子裡的東西。」只要叩門的人是他，便沒有一個人能拒絕他的要求。

只是，無論我走到屋子的哪一個角落，要是我的眼睛能看到屬於我的廚房，哪怕只是一部分，都不會放過任何盯著它的機會，就像無論我在書房、睡房、客廳或盥洗室，關上了嚴實的門，也總是感到某種無所不在的目光。即使我們都把門鎖上，間隔在彼此之間的屏障還是會輕易被推倒，在沒有選擇的情況下。

要是那時候，我們之中任何一個人，生起一點懷疑的念頭，想到病菌和醫生的關係，那麼在醫生踏足那所房子之前，便會合力把冰箱、洗衣機和衣櫥堵塞著房子的每一個入口，即使這樣做的結果必然徒勞無功，畢竟這城市中醫生和護士的數目眾多，就像無處不在的塵蟎和黴菌。

那天，醫生用鑰匙打開大門，臉上掛著的笑容像流瀉在窗外的太陽，刺痛了我們的眼睛。即使他沒有穿著白色的長袍，可是消毒藥水的氣味，還是隨著他飄進屋內，連同病房內那些耀眼的蒼白一起入侵我的腦袋。

他把外衣扔在沙發上，走進盥洗室用肥皂清洗雙手，然後逕自進入廚房倒一杯開水。他說：「很熱。」然後喝光了瓶子內的水。他熟悉房子的結構，就像了解醫院內每個病房的位置，因此，當他坐在書房的椅子上，打開手提電腦閱讀病歷時，那個飢餓而消瘦的男子、沉默的少年、不耐煩的中年女人和矮個子的老男人，都不約而同地端坐在沙發上，就像籠子內待宰的雞隻，虛弱而不欲多言，使我幾乎能肯定那凌亂的房子，其實是一所診療室。

「康復的進度並不理想。」他檢視過我們的眼睛和舌頭，探聽過我們的呼吸後，把針筒扎進了我們的手臂，抽掉了一點鮮紅的血液後宣布：「你們要開始一個新的療程。」他用警告的語氣說出：「要是有一人的身體內殘留著病毒，屋子內別的人也會迅速地受感染。」

也有可能，細菌的數量與醫生並沒有任何關係，只是屋子內的人都習慣性地坐在陽光照射不到的地方，像一株疲憊的植物，當窗框和家具斑駁的影子投在他們的臉上，那裡甚至沒有任何具有意義的表情，只有中年女人的臉光滑而紅亮像從沒有染病的人，她看著醫生曾經站立的位置規勸我們：「大概只能依照他的囑咐，活得更像那些與生俱來的親人。」她逐一掃視我們的眼睛說：「唯有這樣，才能取得關口檢查人員的信任。」

我注視著一隻飛鳥掠過的影子，並沒有任何人說一句回答的話。我一直在等待某個人轉身的姿勢，但沒有任何人願意離開他的座位。

然後，平靜的聲音像一股浪捲向我們。她說，只有給各人編派不同的角色和工作，療程才能順利地展開。「在這所房子裡，沒有人比我更清楚這程序，畢竟，我患病的時間比你們都要長久。」她以不容置疑的堅定語氣說出，她已經為我們每一個人訂定了不同的治療方案。少年扮演我的弟弟，矮個子老男人扮演他和我的父親，我扮演瘦弱男子的妻子，他扮演中年女人的兒子。「從現在開始，我們要使用正確的稱謂叫喚對方。」她指示我們，不用知道對方的名字，但我必須看著老男人淺棕色的臉說「爸」，沉迷電腦遊戲的少年要喚我作「姊」，容易飢餓的男子叫中年女人「母」。

「我就是你的婆婆。」她轉過頭來對我說。別的幾個人凝定的坐姿，像堅固的花崗岩，除了模仿他們，我想不到另外的選擇。

她要我們認識她的病歷，就像打開衣櫥的門，我們便不得不參觀她收藏的衣服。作為一個從小已患上呼吸道敏感的人，感冒的症狀幾乎從不曾離開她的身體，像在頭上纏擾不去的烏鴉。「它有時候很小，但大部分的時候非常巨大。」她用雙手比擬它的形狀。她強調，病患會把人帶往意想不到的方向。每一次病情惡化，她便動身前往感染的區域。「只有在那裡，才有治療感冒的最新配方。」她說，生命中最快樂的日子，全都在病榻中度過。「只有富經驗的病人才知道當中的感受。」

我花了過長的時間，思索那幾個坐在沙發上的人始終沒作聲的原因，是過於相信健康帶來的希望，還是嚮往病重的幸福，但沒法得出任何結論。

我只是清楚知道，那天我要走出這幢房子的決心比任何時候都要強烈。當她使喚我：「作為這屋子內的女性，你必須跟我到外面購買食物。」我不由自主也點了點頭，那時候，我的臉上必定出現了溫馴而呆滯的神情。

懊悔就在我跟著她的背影走到街上的時候，一點一點地黏附著我，我無法掙出那些細線的糾纏，但一切已無法補救，烏雲便在我的四周聚合、靠攏。

我低著頭走。人們緊靠著彼此的身影，形成了烏雲的形狀，充斥在街道上。在許多來往雜沓的腳之間，沒有人能真正看清前面的路通往什麼地方，或許地方毫無意義，畢竟中年女人的背部領著我走到她要去的商店。車輛經過的時候，人們不約而同地站立在交通燈之旁，形成不同的群組，在我的右側、身後，還有馬路的另一端，每個群組內的人數不盡相同，他們的眼神都投向同一個焦點，發笑的節奏一樣，甚至一起向著伏在地上的流浪漢流露出厭惡的表情，聚集成一團灰黑的雲，填補了彼此不脗合的方面，密鋪了街道的每一個角落。車輛在交通燈前停定的時候，他們一同向前走。我清晰地聽到雨點打在地上的聲音。

「那些都是正在接受治療的人。」中年女人走進一個冷氣開放的菜市場後悄悄警告我：「獨自上街的人全都有染病的可能。」

我便開始懷疑，混濁的空氣並非來自塵埃或廢氣，而是除了從別人的口鼻呼出的氣息以外，沒有人能吸收到別的空氣，就像那中年女人站在蔬菜攤子前興致高昂地買下許多韭菜和芫荽的時候，我便想到以後的日子，會一邊按捺著嘔吐的衝動，一邊把這些東西津津有味地吃下去。

從沒有一個人嗜吃如那瘦削的男人，他的身體像一根搖搖欲墜的楊柳。扮演「婆婆」的人命令我們必須在晚上八時聚集在客廳的飯桌上。「如果我們要在這屋子內一起接受治療，像街上那些逐漸康復的人那樣，活得就像彼此的親屬，我們必須常常一起吃飯，沒有比這更重要的事情。」她嚴厲的語氣帶著威脅的意味。

實在，威嚇並無實際意義，因為屋子內那些精神渙散的人，從沒有表現出任何反抗的意欲。矮個子的老男人仔細點算桌上的菜式、碟子、碗和筷子的數目，並把食物分發給每一個人。少年順從地呷下一口滾燙的湯，只有男人從沒一刻停止狼吞虎嚥地進食，他吃光了肉片和韭菜、番茄和雞蛋、蝦仁和芫荽，最後把吃剩的豆腐湯和飯粒送進口腔內，而她一直注視他，直至飽足的神情在她臉上出現。不知道為什麼，過了很久以後，我始終認為，那天餐桌上和諧的氣氛，是因為他把那些沾著過多油分和味精的食物吃下去的同時，也吃下了她指頭和指甲的味道，掌心的力度，或許還有在烹調食物的過程中不慎落下的皮屑和分泌物。她必定因為這一點而感到高興。

我以為只要跟隨療程的要求，便能避免過程中的疼痛和衝突，正如人們只要把身子盡量蜷起來，便能擠進任何乘客過滿的列車。可是藥物的功效，就像把我們的骨頭和皮膚壓在盡頭的牆壁上，直至磨破皮膚的表層。

「婆婆」重新分配房間，讓老男人睡在廳子的沙發上，以便他能隨時進行點算家具、食物和人數的工作。誰都知道那寡言的少年無法離開他的電腦，她便跟他在一起，晚上睡在書房內的電腦之旁，但我懷疑她也會像使用電腦那樣差遣少年為她做任何事。最後，她的視線停駐在我的身上良久，慢慢地說出：「你們要睡在一起，作為這個家庭的核心成員，你們必須在一塊睡。」她提出了那個要求，為了讓窗外那些窺伺的人相信，我們確實是一個關係密切的家庭。她編訂了在每個星期三的晚上，扮演「妻子」和「丈夫」的人必須行房，而且任何人都有權利觀看行房的過程，包括在屋子裡居住的人和探訪者，以及住在對面大廈的偷窺者。

「但我不習慣面對陌生的目光。」剛剛吃過晚餐的瘦子，臉色異常蒼白，他說出了我的想法，因此，他遭到的反駁也在我的意料之內。

扮演「婆婆」的人溫柔地勸喻她的兒子：「這是每個扮演『妻子』和『丈夫』的人的必經階段。在這裡，人們沒有必要保留祕密。這屋子內的人不是都曾經脫光衣服，躺在醫院的手術床上接受診治嗎？」

老男人也支持「婆婆」的說法，他嘗試說服我們，只有忘掉自己的存在，才有痊癒的希望：「況且，每個人的身軀都大同小異。」

瘦子蠕動嘴唇，但始終再說不出什麼，像終於放棄掙扎的魚。他逐一審視他們的臉之後，眼光便落在我身上，我把臉別過一旁，視線剛好碰上對面大廈一扇長形的窗子，窗子內有一堵墨綠色的牆。

沒有任何人願意相信（包括在感冒的風潮過去了之後，那些從沒染病的無知的人），扮演「婆婆」的人和老男人的話，甚至他們從抽屜內掏出的那張假的婚姻登記文件，其實從沒具備使人屈從的力量，只是墨綠色的牆壁使我想起祖母的衣服，已經有太長的一段日子，我沒有看見過她。

或許我從不曾端詳過她的長相和頭髮，當我想起她的時候，總是想起母的容貌，我和妹妹都認為，自己已經無法擺脫父的目光，我們必定在無法自控的情況下，以父的眼光觀看她們。大部分的時間，母、妹妹和我在等待中想像她的臉容。有時候，我們對著一扇大門等待她和父；有時候，我們看著天空等待他們；有時候，我們對著一桌子吃不完的菜餚等待他們；也有的時候，我們在睡夢中等待他們。

「祖母和父是一對要好的情人。」妹妹看見父的手放在祖母的腹部時這樣說，父便打了她。實在，我也無法忘掉，祖母在廚房煮食的時候、看電視的時候、上街的時候，父的手總是放在祖母的腰肢或肩頭。但他吆喝我們這種想法，說他這樣做全是為了保護她日漸疏鬆的骨骼：「我一旦放開雙手，她的骨頭便會像骨牌那樣塌下來。」

只有母的臉始終像風化後的岩石，沒有人能弄清她的臉面本來的顏色。那天，午夜新聞完結了之後，母看著時鐘告訴我們，祖母的身子和骨頭如何柔軟：「現在，他們應該在那所經常光顧的廉價旅館內，躺在過小的雙人床上睡去。她會把頭擱在他的肩膀上，他的雙手捧著她的腰。」

「他應該正在忙於撿拾她的骨頭。」妹妹回答說。

我們始終無法確定祖母骨質的密度是否符合標準，只是她和父都厭倦了外出之後，她便沉溺在烹飪的樂趣之中，一天到晚待在布滿油膩污垢的廚房內燒菜。她弄出了沒有熟透的魚，變黃了的蔬菜、無味的冬菇、太硬的米飯，堆滿了圓形的餐桌，只有父能把所有難吃的食物不斷送進口中。我們飢餓無力地看著父吃光了最後一口飯時，祖母便笑了起來，每次她感到快樂的時候，便會把頭靠在父的肩膊上，或躺進他的懷裡，我們無法肯定，那是不是表示，她骨質疏鬆的情況更趨嚴重。

後來，她確實躺在床上，有時候整天也不會起來，我們都不知道那是不是骨質疏鬆症的結果，只有父總是伴在她的身旁，依照她的意思，為她換上墨綠色的衣服，把牆壁漆成墨綠色，買來了墨綠色的家具，重新鋪上墨綠色的地板。父說，墨綠色可以紓緩痛楚。

祖母去世之後，我們便活在一片深深淺淺的墨綠色之中。只有母堅持她的想法：「死掉了的不只是她，還有一大部分的你。」她對父說，他們便生起了糾纏不清的爭吵，而最先閉上嘴巴的總是父。那時候，他會把視線投向遙遠得不辨方向的一點之上。我幾乎能肯定，就在那許多靜默的空隙裡，母看遍了家中大大小小的缺陷，然後萌生了外出採購的念頭。

「你們該把自己關在那所房間內。」時針和分針交疊在一起的時候，「婆婆」示意我們那樣做。我們可以透過房間內明淨的玻璃窗，看見許多相距過近的窗子內，不同的陌生人，有的在看電視，有的在打麻將，有的在發呆。最初，當我們的視線不慎碰在一起，總是迅速地躲開，假裝沒看見對方，直至我們躺在床上仰視那些數不清的目光，眾多的身影便顯得張狂而猖獗。

而且，那並不是一個漆黑的房間，沒有鎖上的木門無法抵抗屋內那些監察者，他們隨意進入或離開，昏黃的燈光便從打開的門洩進來。我原以為他們的臉上都帶著窺視者貪婪的神情，可是當我直視他們的眼睛，我卻在那裡看到我和瘦子是兩株等待嫁接的植物，矮個子的老男人唸唸有詞地點算窗外那些圍觀者的數目，不喜歡說話的少年打了一個長長的呵欠，只有「婆婆」看著瘦子的目光，令我想起父看著祖母的眼神，焦慮而閃爍，我牢牢地盯著她，把自己嫁接在瘦子嶙峋的身體上。

妹妹曾經問我：「你認為他們是一對戀人嗎？」我沒有回答她，只是認為父和母之間僅有的聯繫隨著祖母而消失。踏入青春期之後，總是感到許多一觸即發的東西，藏在一層薄膜之內，布滿在我的四周，似乎只要哪一個人稍微傾側身子，它們便會一湧而出無法收拾。只是後來，沒有任何原因，它們隨著時間慢慢消散，使人無法肯定它們真正存在過。我和妹妹再也不討論這問題。

他們把門關上，我們便適應了房間內的光線。昏黃的燈光褪去了之後，一切就像沉落在海床般寧靜。刺骨的冷空氣包圍著我們，但誰也沒有挪動身子。我一直認為，自己在房子裡期間，避免主動作出任何事，全是為了積聚僅有的能量，待醫生到來時，反抗他的療程，並指出他判斷的謬誤，可是醫生在約定的時間，並沒有踏進這所房子。我和瘦子倒數著療程結束的日子，但誰也不知道療程的期限，我們只能回想病發前的時光，那些唯一可以讓人抓緊的東西。

我說起關於黑貓的事情，自從牠其中一條腿被街上恨貓的人打斷後，我們便習慣抱著對方入睡，依賴彼此身上的暖意度過嚴冬。「我已經離開了牠三個月，家裡並沒有足夠的糧食，但牠仍有外出覓食的本領。」我嘗試使他相信，黑貓仍然存活的可能。

「牠應該已經死去。」他卻否定了我的說法：「跟一大批被銷毀的動物有著相同的下場。」他說，感冒爆發初期，首先被滅絕的就是人們飼養的動物。「有些研究人員指出，牠們就是導致人們沉醉在孤單生活裡的主要原因。」他解釋，那些流浪或野生的動物也無法倖免於難，負責衛生的隊伍日夜搜索和獵殺牠們。「他們要杜絕的或許並不是動物身上的蚤子或微生物，而是確保再也沒有任何動物會成為人們的伴侶。」許多動物都被毀滅了之後，空無一物的寵物店便開始招收人們打算遺棄的嬰孩或老人，店主也歡迎失業人士或流浪漢，只要他們願意接受訓練，成為像寵物般隨和而善解人意的夥伴，在店鋪內等待出租。他說：「政府為了補償以動物維生的人而推行這種政策，沒想到卻成功地創造了大量就業機會。」

「而且人們普遍相信，當空氣中再也沒有從動物身上掉落的毛團，他們的鼻敏感症狀便會得以紓緩。」瘦子說，他從不感到，動物存在與否，會為這城市帶來改變。「對我來說，這地方的變化，是從所有單人居住的房屋被分批清拆開始。」他認為拆卸樓房時引起的塵埃和垃圾，使人無法停止咳嗽，皮膚不斷長出紅疹。

他憂愁地說：「外面再也沒有可供人們單獨躲藏的公寓。」他說，身上由灰塵引起的過敏症，只有躺在一個沒有人的空間內，避免跟任何人接觸，才有痊癒的機會。醫生太久沒出現的晚上，我們開始設想各種康復的可能性。黑貓柔軟的毛一直在我眼前出現，直至遮蔽了整片天空。

瘦子並非以皮膚紅腫為理由向扮演「婆婆」的人要求到外面溜達。他把腸胃不適歸咎於天氣的不穩定，和進食過量帶來的影響。

「這種現象是從什麼時候開始？」「婆婆」問。瘦子說，是一段無法算清的時間：「難過的感覺愈來愈龐大，像黏濕的液體附在身體上。」「婆婆」的臉上便湧起了不信任的神情：「是什麼引起這種煩人的難過？」

瘦子告訴她：「或許是太多無法消化的食物沉澱在胃部，因而釋出了令人困擾的毒素。」

我不知道「婆婆」不滿的原因，只是她一直以一種埋怨的眼神盯著瘦子，像是向他需索某些東西，而始終無法得到，她說：「那你應該躺在床上休息，直至身體變得更強壯。」可是瘦子把頭搖了又搖，堅持只有步行才能使肚子內近乎癱瘓的腸胃再次蠕動。

「婆婆」注視著他的時候，就像要看穿某個背叛她的人。

另一天的早上，瘦子站在門外要我跟他一起走到屋外散步，「婆婆」站在屋內告訴我，她正要到市場購買食物，沉重的糧食將會加速她背部佝僂的程度。「那原本是你的工作。」她譴責的眼光從我的臉上慢慢地轉移到瘦子枯乾的雙手，彷彿那使人背部疼痛的重量，已透過她的眼睛，把我們重重圍困。

當我們走到街上，發現「婆婆」的影子，仍然附在四周，彷彿比曲折的街道更廣闊，我便更肯定這一點。

但我懷疑，只有我才感到重量帶來的壓迫感。瘦子在凹凸不平的路上一邊走，一邊告訴我，關於單人房子和他持續不斷的咳嗽之間無法割裂的關係。

那是一條迂迴的路，除了許多陌生人的身體，我們無法知道前面是什麼。瘦子建議沿著巴士的路線向前走，「最後就會回到原來的地方。」他說，他們將會像移除高山那樣，把那些只供一人居住的屋子拆毀，但他相信那樣的房子仍然存在，或許就在某些偏僻的路段，甚至早已被人遺忘的角落。而他和單人房子，卻一直無法被人理解。他清瘦的臉上便出現了一種正在滋長的憤怒。作為單人房子的設計者，他堅信自己的呼吸道病症，由拆卸房子的噪音和灰塵誘發，可是沒有人願意承擔責任，也沒有人給他作出合理的賠償，他們只是收回他那所居住了七年的單位。「他們把我的房子像貓狗那樣毀滅。」瘦子形容那些鱗次櫛比的樓宇，曾經為這城市帶來可觀的房地產收益。「沒有人能想像，那些排列整齊的大廈，當時就像裝潢豪華的儲物櫃，出現在價格高昂的住宅區，吸引世界各地的獨居者前來，為的只是在那種適合單獨居住的環境，住上一星期，甚至一晚。」

我曾經就是那些外來的獨居者，住在那種像抽屜一般把人妥善收藏的屋子。可是後來當我把視線投向四周的樓房，樓房內的窗子洩露出屋內高闊的天花板、圓形的桌子、長方形的沙發、電視機，甚至站在露台為數眾多的人，我便感到獨居者的洞穴，其實只是染上感冒前的一種幻覺。

不過，瘦子把我帶到街上去，其實並不是為了向我展示瀕臨消逝的獨居者單位。他必定早已知道，那些擁有差不多面目的人，眼神如何銳利，他們總是能發現獨自閒逛的人，並且告訴他們身旁的人，敏捷地迅速躲開。而且，那些咖啡店、戲院、餐廳和地鐵站入口全都張貼著「獨行者不得內進」的告示。我們走進車站，人潮便從各個方向出現。維持月台秩序的人要求我們進入車廂之後，擁抱或坐在對方的大腿上。「以騰出更大空間容納源源不絕的乘客。」服務員這樣解釋。

我們跟著許多人湧進車廂內，在瘦子的幫助下踏在他的腳掌上。當我瞥見黑壓壓的身影，全都密切而無法分割，我彷彿突然識破了瘦子的意圖。

「外面的陽光好像從沒有如此燦爛。」「婆婆」的臉背向光線對我們說。我們把臉朝向窗子，白刺刺的光芒使我無法睜開眼睛，看不清她的表情，以及光線以外的一切，只是聽到她的聲音，吩咐這屋子內的人，在下午三時聚集在客廳那扇落地玻璃窗子前，躺在地板上，把自己像冬季結束時的棉被那樣晾晒。她說，這個念頭源自昨天播映的午間電視節目《健康的一天》內，介紹杜絕蟲患和細菌的環節：「陽光可以殺菌，增加身體的抵抗力。」但我懷疑晾晒的目的或許與節目無關，而是對面大廈的單位內住著許多喜歡早操的人。清晨時分，他們成群結隊在窗前練習，那情景必定令經常站在窗前發呆的「婆婆」嚮往。

扮演「弟弟」的人離開了他的電腦、扮演「父」的人從沙發上站起來來、瘦子也不再堅持外出，他們朝著那過分耀眼的一方圍攏，躺在木地板上，盡力伸展四肢。「弟」睡在「父」的身旁，他們的另一端是瘦子和「婆婆」，所有人都在看著我，就像在等待我以自己的身子填補剩下來的空缺。

晴朗的日子，我們相對無言地躺在窗前，任由毒烈的陽光使皮膚發痛，我開始期待雨季，但雨點並沒有落下來，只有在黃昏的灰暗來襲時，我們會帶著陽光的氣味站起身，或從睡夢中醒轉，在唯一的鏡子前察看自己的皮膚，隨著天晴的日子不斷增加，我們的膚色逐漸變深。

「婆婆」也發現了這一點，她在吃飯時對我們說，只有在我們皮膚的顏色漸漸接近，一起走到街上，旁人分不清誰是誰的時候，就證明我們體內的抵抗力，已克服了有害的細菌。她的聲音中有著無法遏止的欣喜。

我慢慢便能肯定，醫生再也不會來訪。當人們長期在病患的狀態中而熟知各種關於自己身體的事情，能判斷康復情況的，再也不是穿著白色袍子的人，而是每一個在我們窗前經過的從不交談的鄰居。

夜空慢慢變成寶藍色的時候，遠處的汽車傳來行駛的聲音，我對瘦子說，醫生再也不會到來，只要他能獲得扮演「婆婆」的女人許可離開這房子到外面散步，我就能以陪伴他為理由，回到S地。

瘦子把頭探出窗外，冷冽的空氣再次引起他的咳嗽，他質疑我不一定能通過關口檢查，而我指出他能找到還未被拆毀的單人房子，機會非常渺茫。我們唯一能肯定的只是，當天色轉亮，到了一個屋內五個人協議可以起來的時間，我們便能離開自己的床。自從我住進這所房子，到了晚上，我便不得不躺在自己的床上，沒有人能弄清楚，這是病人的義務，還是房子的規則。

可是，扮演「父」的老人禁止我們正式開展那一天，他說：「這廳子中的人不足五個。」我們看見「弟弟」從房間走出來，但沒有「婆婆」穿著碎花襯衣的身影。

「她仍然躺在床上，一點也沒有要起來的意思。以往，她總是比我更早醒來。」「弟弟」告訴我們，只有那一天，他一直盯著「婆婆」緊閉的雙目，發現她的眼皮甚至沒有跳動。「但她的身體仍然溫暖。」「弟弟」企圖安慰我們。

屋子內的愁苦卻已經充滿了每一個角落，所有人都知道，在治療期間再次染病的人，必須被扮演親屬的人包圍著，一刻也不能離開她。人們認為，病人的不適必須透過被陪伴才能減至最輕微。「婆婆」大概是唯一感到高興的人。

「我病了。」她急不及待地告訴我們，臉上綻開了如少女般的紅暈。她說她清晰地感到，細菌已經入侵了她的身體，作為一個經驗豐富的感冒患者，她能正確地感知自己的健康狀況。她甚至有一種強烈的預感，認為死亡就在不遠處等待她。

「你應該多吃一點有營養的食物。」瘦子想要阻止她說下去，但她打斷瘦子的話，眼神堅定地對我們說，人之將死，就像展開一個瘋狂派對，通宵達旦，不知完結的時刻。

我和「弟弟」認為「婆婆」的病發，只是偽裝的一種。「如果她能成功扮演母親和家姑，為什麼不能裝作舊病復發？」但「父」和瘦子卻說她已達到病入膏肓的地步。

瘦子趕緊撥了一通電話給救護人員，請他們派出救護車到來。「這裡有一個感冒復發的人。」他請求他們。可是救護車並沒有駛到我們家的門前。

「他們說，每天都有感冒變得更嚴重的人，使他們的車子應接不暇。那些非緊急的個案，只能耐心地輪候，直至他們終於有一輛空的車子。」瘦子轉述他們的話。

神色凝重的「父」便果斷地作出決定：「沒有別的辦法，我們只能讓她活在派對的氣氛之中，直至救護車到來。」

但「婆婆」需索的比我們想像中更多。「一個成功的臨終派對，不能沒有眼淚。」她提出了要求，而且強調：「除了必須出席的親屬，還要有沒完沒了的悲傷。」

我們的錢所餘無幾。在這城市滯留的好幾個月，我失去了工作的能力和收入，瘦子的情況也是一樣。「弟弟」還沒有到達適合工作的年紀，而「父」早已過了退休年齡，我們只是依賴每月發放的微薄津助金勉強過活。

但瘦子還是堅持要拿出各人所有，為「婆婆」聘請一個哭喪的人。「我們都沒有足夠的眼淚。」他嘗試闡述理由：「即使我們都能淚流不止，流淚的技巧始終及不上專業的哭喪者。」

提供哭喪服務的初老女人踏入了我們的房子後，便開始訴說她一天到晚如何忙碌。「自從感冒在這地區爆發以來，我幾乎每天都接到為別人流淚的差事。在這以前，我一直以為，哭喪是一門注定會失傳的技藝，畢竟獨身者這樣多，而從沒有人想到要為他們的葬禮預備眼淚。」她迫不及待地與我們分享她的喜悅：「可是現在，平均每個『家庭』都會招請哭喪的人一次，眼淚成了不可缺少的東西。而家庭的數目愈來愈多，感冒確實為這裡帶來了龐大的經濟收益。」

瘦子解釋：「但你必須知道，這次的對象，並沒有死去，她只是喜歡被家人和眼淚包圍的感覺。」女人便換上了一副專業的神情表示理解：「她需要的是珍惜和關愛的眼淚，而不是懷念的眼淚。」他點了點頭，補充說：「而且你必須一直哭，直至救護車到來。」

女人只是要求，要跟「婆婆」對話：「只有對哭泣的對象有一定程度的了解，才能流出優質的眼淚。」

我們便把女人領到「婆婆」的房間，讓她執著「婆婆」的手說：「現在就盡情地說出一切吧，我已經為你預備了源源不絕的眼淚。」那聲線就像溫柔的母親哄騙她的小孩。

「婆婆」睜開眼睛，我們圍繞著她的床，讓她看到我們每個人的臉，而哭喪者坐在她身旁。瘦子挨近她的耳際說：「派對現在正式開始。」「婆婆」紅潤的臉使她看來就像吃了毒蘋果的睡公主。她已經醒來太久，只是仍然找不到足夠的理由離開房間。我們給她一個鼓勵的笑容。

她告訴女人，她是一個飄泊的旅行者，跟隨感染的方向前行，經歷過三次大規模的流行性感冒，每一次感冒的經驗也把她帶到不同的地方。第一次因哮喘發作入院診療時遇上的情人，因轉換醫院而失去聯絡；她的婚姻在六〇年代痢疾肆虐的一個小島開始，在她染上了肺炎一個月後結束；她在霍亂盛行的時期，在雜貨店門外收養了三個小孩，他們卻在她切割盲腸時拋棄了她。

然後她來到這所治療感冒的房子，她為「家人」準備食物和分配工作，他們卻打算遠遠地躲避她。瘦子的臉便被一種陰暗掩蓋。

哭喪者的眼淚沿著眼角和臉頰一直流到「婆婆」的掌心。最初，那是一道淙淙的溪流。不久，眼淚的節奏隨著「婆婆」變幻莫測的疾病改變，我們看到她起伏的雙肩形成了一種獨特的節奏，淚水忽然減少，哽咽的聲音在她的胸腹和喉頭醞釀，像獸在洞穴中蓄勢待發，那些沉重而抑壓的低音漸漸強大而迫近我們時，眼淚便像洪荒般落在床單和被褥上。「婆婆」不再說話，閉上眼睛享受眼淚之中的痛苦。女人慢慢地回復了平靜，乾啞的喉頭發出抽噎的聲音，像一輛汽車拖著半死的小狗。房間非常潮濕，她的眼淚再次汩汩地流出時，分量厚重的淚水很快便匯成了一個海洋，那裡有一種快要溺斃的窒息感。

救護車終於停在門前，女人的眼淚使床上的被褥、地毯、我們的衣服、牆壁和書本全都濕透，房間裡充斥著淚水鹹的氣味。哭喪者癱軟在沙發上，我們給她一杯清水。

我總是感到，是那天的淚水，把堅硬如磐石的「婆婆」沖出了這屋子的門口。救護員把「婆婆」抬上擔架的時候，我問他們：「她還會回來嗎？」他們搖著頭說要看情況而定。我的身子從不曾那樣輕盈，可以感到空中的微風，也感到自己將飄到半空。我終於有一點快樂，但我保持著惋惜和哀傷的表情目送他們離開。以後的日子，我的快樂只能以這種方式表現，那之中沒有一點欺瞞的成分，只是必得如此。

「婆婆」離開了的第二天早上，扮演「父」的老男人陷入了困惱之中。「無論怎樣點算，數目還是不符合最初。」他的皺紋便像一個羅網困著他的臉：「這裡始終缺了一個人。」

「她只是在醫院療養。」我嘗試令他明白，但他堅稱：「數字的改變會帶來嚴重的影響，就像屋子突然缺了一根柱子。」他求助的眼神轉向瘦子的臉上：「相信我，這是真確的事實。」

他說他的屋子也是由於相同的原因而崩壞，那之前，他的妻子、兩個女兒和一個兒子在一夜之間不見了。「他們的衣服仍然躺在抽屜裡，電腦還沒有關掉，麻將仍在桌子上，只是那四個人再也沒有回來。」他懊悔地說，他一直是個穩妥的人，每次離開家裡之前，都會先關掉電燈和煤氣，然後鎖上窗子。「但那天我忘了點家中的人數，也沒有留意他們身上衣服的顏色。」他沒法忘記，負責失蹤案件的警員的問題，他幾乎一個也答不上。他沒法給警員提供更多關於失蹤家庭成員的資料，調查的進度始終一籌莫展。最後，警員打發他：「回家等待消息吧，或許他們只是到了外地旅行而忘了告訴你罷了。」

瘦子嘗試說服他：「『母』只是到了醫院去，你可以一併把她計算在內。」

但「父」把頭搖了又搖，他愁苦地說，要是那天，他前往投注站之前，不是把馬匹的號碼記得太牢固，就不會忘記所有關於家人的數字。「不足夠的數目是一個惡兆。」他說。

失神的「父」終止了關於數目的話題後，不停地在屋子有限的空間內來回踱步，他說，只能通過點算自己的腳步聲來得到暫時的平靜。

我們都找不到理由阻止他這樣做。只是在許多持續失眠的晚上，混亂的足音像粗糙的沙礫和石塊，堵塞著這房子的每一個出口，使人找不到呼吸的空間。

無法入睡的夜裡，我和瘦子盯著黑暗中的天花板出神。「這樣吧，周末去一趟寵物店，從中挑選一個年老而溫馴的女人，放置在家裡。起碼，他每天早上，仍能點算出如他所願的數目。」我說出了一個可能使「父」停止踱步的方法。

但瘦子不相信這樣做的成果：「他必定會看出那是全然不同的兩個人。」

「這又有什麼分別呢？」我說：「兩個不同的女人也能具備相同的功能。」

妹妹曾經用相同的話試圖說服父讓她遷離那所房子，可是父只是悲哀地看著她，藏起唯一的鑰匙，禁止她這樣做。妹妹曾經這樣向我轉述。

「給我到商店租借一個八歲的女孩，快。緊記帶來家裡的鑰匙，你還有嗎？」她給我打電話，求我幫助她的時候，緊張的嗓音壓至最低。她告訴我，只有找來一個八歲的女孩替代她，她才有搬遷的希望。我便想起許多年前，她和我還是很小的年紀，她忘記要穿運動服上學，哭著到課室找我，哀求我跟她對調身上的衣服。我感到不得不這樣做。她穿著運動服滿意地離去後，四周帶刺的目光便落在我身上。當我握著電話筒，同樣感到不得不這樣做。「為什麼是八歲的女孩？你要的是一個怎樣的女孩？」我問她，但這對她來說是個難題，她反過來問：「還記得八歲的我嗎？」我的印象非常模糊。她引述父的說話：「我懷念八歲時的你，當你漸漸長大，便離我愈來愈遠。」

在我乘車到商店的一段時間，始終想不起妹妹八歲時的模樣。即使在商店的兒童部，琳瑯滿目的小女孩就在眼前，她們在進行各種遊戲，我也看不到任何能勾起妹妹感覺的形象。但我還是挑了一個短髮的，她看著我時不情願的眼神，使我感到這就是父期待的女兒。

可是父瞅著她，並沒有像我所想那樣，帶著殷切的神情，他只是瞟了她一眼，問她：「要吃點什麼嗎？」女孩微微地搖頭。他便把目光投到我們身上，對我們說：「你們可以離去，如果你們想要這樣做的話。」

我挽著妹妹的皮箱，跟她一起走到車站，她忽然問：「那女孩會感到難過嗎？」我試著避開現實中尖銳的部分回答她：「也會有快樂的時刻。」

妹妹拖著笨重的箱子跟我道別時，我便開始懷疑，囚禁她的人，從來不是父。

「找一些替代的人吧。」我再次向瘦子建議：「他就不會追究屋內人數的改變，我們也可趁著這個機會溜走。」

我一直渴望那天來臨——用作補給的「家人」終於運抵屋子的門前，我拿著S地的護照走出這幢房子，但「弟弟」使這計畫中斷。

「我要遷出這所房子，由下月開始，我再也不是這裡的成員。」他低著頭，把一個白色的信封交給我。

「已經取得醫生的許可了嗎？」我突然想到窗子外的人，他們詫異的目光使人坐立不安。我湧起了吃驚和欣羨的情緒，可是臉上卻不由自主地透現出慍怒的神情，我無法作出任何解釋，而且，他慚愧的反應，使他看上去更像一個無辜的弟弟。

他說，他得到的並不是任何疾病，只是在經濟衰退的風潮下，從學校畢了業卻一直找不到工作，好不容易才透過一個在醫院工作的朋友，獲得在一個康復中的「家庭」擔任「弟弟」的職位。

「這是難能可貴的機會。」「弟弟」青白的臉上便出現了為難的表情：「可是，你們必然明白，自從感冒擴散了以後，家庭的數目這樣多，需要大量的『弟弟』。那些林林總總的家，必定有許多新的挑戰。」

我看著那扇長方形的大門，那確實是一扇窄小的門，像一根針眼般的小孔。可是別人都能自由地進出，就像多年前的體育課，我總是一再觸碰別人輕易跨過的欄杆，不知道是什麼原因，或許並無任何原因。

他央求我給他寫一封推薦書，證明他曾經在這裡扮演一名「弟弟」，期間表現符合理想，適合在別的家庭內繼續負責「弟弟」的工作。

「必得繼續當一名『弟弟』嗎？」我問眼前的少年。

「還有別的選擇嗎？」他問我。我沒說話，他應該不會期望答案。

「能夠找到當一名『弟弟』的工作，是非常幸運的事。」他垂下眼睛說話的時候，臉上便掠過一抹熟悉的陰霾，就像春天過後便迅速死去的蝴蝶。我曾經在許多人的臉上看到相似的陰霾。

我在信中提及，像他這樣稱職的「弟弟」，相信是城市內罕見的類型。他天生具備服從的個性，幾乎無條件地順應他人的要求，靜止的嘴巴從不爭吵，而且大部分的時間都躲在房間的一角，不會占據別人的位置。他善於掩飾，卻不會予人虛偽的感覺。「弟弟」踏出門口時，拿著我給他的信向我們揮手，我突然發現他手中除了白色的信封，便什麼也沒有。

我們看著他在走廊的拐角處消失以後，瘦子提出要陪伴「弟弟」走到車站去，他說：「每個離家的人都不該獨自走，而且，我清楚記得，在地鐵站旁的一根燈柱上，曾經張貼了一份出租公寓的宣傳單張，那裡強調所有單位都適合獨居的人。」他的神色漸漸凝重：「說不定，那些單位都是私人擁有的收藏品。我必須抄下單張上的聯絡方法。」

他離開了屋子後，我便盯著時鐘。最初，我以為自己在估量他歸來的時間，漸漸地，我發現那更近似一種等待的狀態。時針不斷移動，安撫了我焦躁的心情。直至時針愈走愈遠的時候，我終於鬆一口氣。

入黑前最後的陽光從窗子透進來，那光芒從窗前的地板，經過兩個房間的門前，一直伸延至門口，我的眼前被一片金色包圍著。除了蜷縮在沙發上的老人，別的都走光了。房子前所未有的空蕩，使我產生一種不真實的感覺，以為回到S地的屋子，只是這裡更寬敞，我有一種預感，即將可以自由地進出各個房間，於是忽然明白，為什麼那扇木門在我看來如此狹窄。

房內的人數大大減少之後，老人不再點算任何東西，包括自己的足音。我不知道是因為失望，還是疲憊。白天的時候，他喜歡睡在沙發上，那姿態使我想起那頭曾經被我擁有的黑貓，牠總是愛跑到我的床上，睡在我身旁，而我把牠驅趕至沙發，這個過程不斷重複著，而我們都樂此不疲。

我一直期望黑貓能長大，不斷長大，長得比我更大，直至達到一棵矮樹的高度，我便可以依偎在牠柔軟的肚腹乘涼。老人臥在沙發上熟睡的時候，就像是黑貓以另一種方式回到我的居所。

進行徹底的清潔之前，我決定把老人留下來。

我培養了一種新的習慣，一天開始的時候，我用清水和含有消毒成分的清潔劑，把天花板、窗子、地板、盥洗盤、浴缸、坐廁、爐具和家具都洗擦了一遍，為了清除那些扮演「婆婆」、「弟弟」和「丈夫」的人留下的氣味、頭髮和痕跡，直至我完全忘記他們曾經在這裡活過。

清潔劑的氣味曾經引來了素未謀面的鄰居站在我的窗前，他們狐疑地問我在幹什麼，我便告訴他們，消毒劑可以滅絕細菌，那是一個使他們安心的答案，他們便輕鬆地走開，也有可能他們都習慣了那種帶甜的氣味，就像我每次把視線投向單薄的大門，都會害怕那扇門突然被推開，扮演「家人」的人再次若無其事地走進來，清潔劑的氣味總是及時麻痺我的神經。

許多年以後，當最後一個死於感冒的人的影子也漸漸黯淡了之後，人們好奇的目光便落在我們，這些為數過多的倖存者身上。他們問我，如何在那一場風暴似的疾病中存活下來，我坦白告訴他們，如日常般過活。他們無法置信地睜大眼睛，眼神迷惑得像荒野裡的狐狸。我不知道怎樣令他們明白，麻木的重要性，當我想再說一點什麼的時候，卻發現面前的並不是狐狸的目光，而是注視著怪物的神情。可是只有我才知道，站在他們面前的，並非難以理解的生物，而是許多異常清晰的鏡子，只有他們無法看清自己是一個倒影。

【後記】
書的命途

當作品成為一本書出版後，我就不會再回頭去看自己寫過的那個作品了。有時候，人為了保存記憶而寫作；有時候，人因為記得太多，而必須把文字從心裡卸下來；在另一種狀況下，人為了能保持往前進發，而必須避免回頭，無論背後發生了什麼事——否則會變成鹽柱，凝固在已成過去的狀態裡。

《風箏家族》是我在台灣出版的第一部作品，也是第一次重新出版舊作。把舊書重出的意義是什麼呢？說實的，我心裡並沒有確切的答案。或許因為我的第一本小說集《輸水管森林》被銷毀的數量甚多，這個經驗讓我明白世上萬物的本質就是空無。當然，萬有的可能性也在空無之中。如今是電子出版或各式無紙操作盛行的年代，為何還要印製實體書？或許因為，我家有好幾個書櫃，每個書櫃分別放置不同類別的書。

有時，書是藥，開出藥方的人是我，因為只有我最清楚自己的症狀；有時，書像貓蜷伏在那裡，等待人在需要時走過去撫摸、翻閱，互相擁抱，融為一體。實在，當我的貓還在時，書櫃是他最喜歡蹓躂的場所。當我坐在書前，攤開一本書，貓就走過來，睡在那本書上面。我和貓同樣愛紙的質感，因為紙張具有溫度。紙曾經是樹。我總是相信，用紙印成的書，也有著繼續成長的生命。生命的特點就是，命途多舛，而且是無可預期的。

《風箏家族》首次出版差不多是二十年前的事。這些年來，我多次搬家，每次遷移，就像乘著風浪出海，不免主動或被動地失去一些物事。我首要緊緊抓住的是貓，然後是幾個書櫃的書，這些都是安居和安心的根本。要是書變成無形狀之物，我和貓都不會找到安然蜷伏的所在。

現在我已無法想起多年前寫作《風箏家族》裡那些小說的自己，人經過年月時，不免會丟失一些舊我。但我大概永遠不會忘記，把這些小說寫出來時，那張廉價的白色餐桌，以及讓我一旦抬頭就可以看到綠幽幽山坡的巨大窗子，占據了一堵牆壁的窗子，令我產生自由的錯覺或理想。後來我走進了由另一些牆壁形成的居所，因自由而來的美好而及苦難，就確實地組成了我的生活，那裡引來了貓，更多的貓，以及更多的作品。

當一本書重新出版，代表著它經歷過自己的死亡，而重新出現在書店裡。它再也不年輕青澀，然而，有到過一些地方，有經過一點難堪的或新奇的事，在它身上又長出了新的故事。

二〇二五年四月

國家圖書館出版品預行編目資料

風箏家族 / 韓麗珠作 . -- 二版 . -- 臺北市 :
聯合文學出版社股份有限公司 , 2025.05
232 面 ；14.8×21 公分 . -- （聯合文叢；774）

ISBN 978-986-323-686-3 (平裝)

857.63 114005569

聯合文叢 774

風箏家族

作　　　者／韓麗珠
發　行　人／張寶琴
總　編　輯／周昭翡
主　　　編／蕭仁豪
資深編輯／林劭璜
編　　　輯／劉倍佐
資深美編／戴榮芝
業務部總經理／李文吉
發行助理／詹益炫
財　務　部／趙玉瑩　韋秀英
人事行政組／李懷瑩
版權管理／蕭仁豪
法律顧問／理律法律事務所
陳長文律師、蔣大中律師
出　版　者／聯合文學出版社股份有限公司
地　　　址／(110)臺北市基隆路一段178號10樓
電　　　話／(02)27666759 轉 5107
傳　　　真／(02)27567914
郵撥帳號／ 17623526 聯合文學出版社股份有限公司
登　記　證／行政院新聞局局版臺業字第6109號
網　　　址／http://unitas.udngroup.com.tw
E-mail:unitas@udngroup.com.tw
印　刷　廠／沐春行銷創意有限公司
總　經　銷／聯合發行股份有限公司
地　　　址／(231)新北市新店區寶橋路235巷6弄6號2樓
電　　　話／(02)29178022

出版日期／ 2008年3月 初版
2025年5月 二版
定　　　價／ 380元

ISBN 978-986-323-686-3（平裝）